Pour Solange et Anton,

CE QUI RESTE DE KATHARINA

En les remerciant de leur chaleureuse sympathie.

En amitié,

Janine Massard

le 17 octobre 1997

Du même auteur

De seconde classe
Editions Le Temps parallèle, Eygalières (épuisé)

Christine au dévaloir
Editions Eliane Vernay, Genève

L'avenir n'est pas pour demain
Editions Clin d'Œil, Lausanne

La petite monnaie des jours
Editions d'En Bas, Lausanne – Prix Schiller 1986

Terre noire d'usine
Editions de la Thièle, Yverdon

Trois mariages (récits)
Editions de l'Aire, Vevey 1992 – Prix des Ecrivains Vaudois 1993

Janine Massard

CE QUI RESTE DE KATHARINA

roman

Editions de l'Aire

Remerciements

L'auteur et l'éditeur remercient la Société Suisse des Ecrivains ainsi que l'Association vaudoise des Ecrivains de leur soutien financier pour cette publication.

15, rue de l'Union
1800 Vevey

On est d'avance ce qui vous arrive dans la vie

Jacques Mercanton

La chaleur est si forte que les oiseaux ont suspendu leur chant. Il fait encore frais dans la chapelle et Katharina pleure.

Elle pleure la mort de son fils. Son regard glisse du côté d'Anne, sa belle fille : elle sent monter le long de son corps puis fourmiller dans sa tête une bouffée de haine. Elle sait, oui, elle sait cela maintenant déjà : plus jamais elle ne lui adressera la parole, non, plus jamais. Elle va, elle, Katharina, la chasser du cercle familial, la déclarer *persona non grata,* tant pis si elle ne doit plus revoir ses deux petites-filles, de toute façon elles sont grandes même si les hasards du vocabulaire les transforment en « petites », elles devraient s'apprêter à gagner leur vie ou être mariées et pouponner, comme elle à leur âge, mais elles étudient, les filles de son fils.

Son fils dans le cercueil, à quelques mètres d'elle.

Après tout, c'est elle qui a porté Boris, c'est de son ventre qu'il est sorti, cinquante-deux ans et deux mois plus tôt. Malgré la fuite du temps, il est à elle.

A la vie, à la mort.

Dès la fin de la cérémonie, elle s'en ira. Katia, sa fille, la ramènera à la maison où elle s'enfermera pour pleurer, sangloter, hoqueter jusqu'à ce que toutes les larmes lui sortent du corps.

Elle n'acceptera jamais cet évanouissement soudain. Il lui a fallu des années pour surmonter la mort attendue de son mari et on exigerait d'elle qu'elle «se fasse une raison» de la disparition de son fils ? Elle y a joué toute sa vie à ce petit jeu du contentement, la seule philosophie inculquée par sa mère !

Aujourd'hui, elle largue les amarres.

Elle ne veut plus subir Anne.

Pourquoi ?

Parce que, tout simplement.

Et elle ose cette constatation maintenant seulement ?

Elle n'a pas aimé le moment où son fils a quitté la maison. C'est arrivé trop tôt.

Et puis, un enfant, devenu adulte, doit faire son nid à son tour, avoir des enfants. C'est l'ordre des choses mais pourquoi le fils doit-il s'éloigner de celle qui l'a aimé plus que tout ?

Puisque son âge ne lui laisse plus d'avenir, elle peut reconnaître enfin ce qu'elle a toujours pressenti comme une évidence : elle n'a aimé que lui, cet homme que lui a enlevé sa belle-fille, alors qu'on la laisse, aujourd'hui, qu'on la laisse poursuivre son bout de chemin restant en compagnie de Boris.

Elle dans la vie, lui dans la mort. A son âge, quelle différence entre l'une et l'autre ?

Haine, incohérence, rancœur à cause de tout ce gâchis sans rémission, autant d'émotions traversantes qui la conduisent au malaise.

Elle a mal à sa vie.

Katharina abaisse la tente qui protège la terrasse entourée de géraniums-lierres et de pétunias.

L'été est ailleurs. Le soleil aussi.

Partout.

Au bord des lacs, des mers, des gens s'ébrouent dans l'eau, se promènent dans des forêts (depuis quand n'a-t-elle plus senti l'odeur de la résine des pins chauffée par le soleil ?) ou escaladent des montagnes. De sa terrasse, elle peut, si elle le désire, apercevoir des champs de blé que des machines mutilent et une armée de tournesols aux têtes alignées en direction du soleil. Elle ne veut rien voir. Ce monde de la continuité n'est plus pour elle. Seule compte sa douleur. Une douleur sans drogue contre-douleurs.

Elle s'installe dans sa chaise longue et ses larmes se prolongent en sanglots. Elle se lève, va jusqu'à la cuisine, sort une bière du frigo. En même temps, elle reprend un anxiolytique. Le médecin lui a dit : pas plus de trois par jour. C'est déjà le deuxième et il n'est pas midi mais à son âge que risque-t-elle des abus ?

De son royaume familial, il ne reste que Katia, sa fille remariée dans une ville lointaine, un beau-fils qu'elle n'aime pas, des petits-enfants qui existent dans un ailleurs inconnu d'elle et pour qui elle n'est plus cette grand-maman qui réjouit avec une peluche ou quelques sucreries bien ciblées. Elle est plutôt une curiosité, une sorte de vieux gramophone rétro qui ne peut s'empêcher de leur parler d'elle, de sa vie, commencée dix-huit ans après le siècle, en Allemagne.

On a l'histoire qu'on peut, ma foi.

Elle soupire : l'anxiolytique et la Paulaner commencent à l'envelopper, ils l'isolent de tout ce quotidien pour elle inutile désormais.

Et maintenant, elle va le faire.

Composer, pour la dernière fois, le numéro de téléphone d'Anne et pour la première fois enlever le bœuf qu'elle a sur la langue, libérer cet organe charnu que sa mère lui a fait avaler une fois pour toutes et qu'elle a mordu jusqu'à en avoir mal durant ses années de mariage, cette langue qui s'enflammait de tous les mots retenus.

Une surdité commençante l'empêche d'identifier la voix d'Anne. Sans saluer, elle s'assure qu'elle tient sa proie au bout du fil.

Puis se met à parler : ceci est son dernier appel. Anne doit bien s'en douter, n'est-ce pas, leurs relations ont toujours été tendues ; qu'elle sache – si, toutefois, on peut apprendre quelque chose à une personne aussi gonflée d'importance – qu'elle sache donc qu'on n'enlève pas un fils à sa mère, ces liens sacrés, personne ne peut les briser ; qu'elle apprenne aussi qu'une mère ne met pas un enfant au monde pour qu'on le lui envoie au cimetière, elle préfère taire tout ce qu'elle a sur le cœur mais elle peut affirmer avec une assurance presque professionnelle que si Anne avait insisté, on aurait donné plus de médicaments à Boris et il ne serait pas parti, comme cela, la cinquantaine à peine commencée, l'acharnement thérapeutique n'a pas été inventé pour les chiens, et tant qu'elle, Katharina, vivra, elle ne veut plus voir l'ombre d'Anne se profiler devant elle, c'est bien compris, elle l'espère du moins.

Et elle raccroche. Insulter, elle a osé insulter.

Elle est satisfaite de son audace et frustrée, pourtant, de tout ce qui n'a pas été dit. Elle aurait dû oser des paroles qui auraient compensé des années de silence. Maigre compensation, malgré tout.

Il lui manque l'entraînement.

Une chose est certaine: elle ne recomposera plus jamais, PLUS JAMAIS, ce numéro que d'une encre indélébile elle expulse de son calepin.

L'audace émeut Katharina. Son cœur bat plus vite. Aujourd'hui, elle prend sa revanche. Sa belle-fille lui a toujours reproché de s'être plus préoccupée de sa batterie de cuisine que de l'état du monde. Sa fille aussi, d'ailleurs, mais elle en a le droit, elle, elle l'a portée dans son ventre, nourrie, elle est de la famille, mais pas Anne. Cette intruse a toujours fait fi de son passé.

Pourtant, c'est bien la seule chose qu'elle possède, ce passé de femme restée au foyer pour y élever cinq enfants dont deux seulement sont les siens. Jamais Anne n'a essayé de comprendre l'univers d'une personne à qui on a appris à se tenir droite et qui, juste avant la Deuxième Guerre, a été «négociée» par sa mère, Ulrike.

Katharina prend une nouvelle Paulaner au frigo. Avant de s'installer à nouveau dans sa chaise longue, elle enlève deux fleurs fanées – pourquoi le vif des couleurs passe-t-il si vite ? – et quand elle s'assied, son arthrose la fait grincer des dents.

Elle se détend un instant pour chasser la douleur.

Katharina a toujours cru au jeu du contentement, la vie l'y a contrainte.

Enfance dorée sur fond de guerre parentale.

Ulrike, sa mère, une forte personnalité, trop forte même. Partie à dix-huit ans comme gouvernante d'enfants, elle s'incline devant de jeunes nobles en France et en Angleterre. Fascinée par le train de vie des aristocrates du début du siècle, elle attend longtemps l'homme capable de lui offrir une situation similaire. Elle ne pense pas à un château, non, une maison de maître fera l'affaire. Elle frise la quarantaine lorsqu'elle rencontre enfin celui qu'elle appelle de ses vœux: il est riche, il a le même âge qu'elle. Pour se faire épouser, elle le pare de toutes les qualités, lui qui n'est qu'un banal entrepreneur allemand, un nouveau riche séduit par cette femme aux allures de grande dame qui parle indifféremment le français, l'anglais et l'allemand. Peter achète une grande maison, engage des domestiques. Ulrike n'en demande pas plus.

L'enfance de Katharina?

Une nurse, des domestiques, des fêtes, des dentelles, du champagne français et du Château d'Yquem, des vacances au bord de la Méditerranée. Ulrike emmène sa camériste et la gouvernante des enfants.

Puis, la guerre entre les parents.

Ne pas oublier cette séquence, surtout.

Des cris, des paroles venimeuses qui dressent des barricades que Katharina ne parvient à franchir: elle n'ose pas dire à son père qu'elle l'aime. Il faut éviter de fâcher maman.

Peter, rejeté, rabaissé, se met à boire. Il abdique plus vite quand la bière et la cognac chauffent son corps et le protègent des attaques d'Ulrike.

L'ivresse de Peter fournit à Ulrike une occasion supplémentaire de le piétiner. On dirait que chacun y trouve du plaisir, observe Katharina.

La guerre parentale, la situation d'otages des enfants marquent la fillette. Si un jour elle se marie, elle ne laissera à personne le soin de deviner qu'elle ne s'entend pas avec son mari. Est-ce cette situation qui est la source d'un cauchemar qui la hante à intervalles réguliers? Pendant plusieurs années, il est là ce rêve atroce de la maison qui vole en éclats ou tombe en miettes.

Et pourquoi cette mère qui fait du silence une vertu cardinale, pourquoi se livre-t-elle, devant ses enfants, à une telle exhibition de la mésentente conjugale? Cela fait partie de ces choses de la vie qui ne trouvent jamais de solution parce qu'on n'ose pas les évoquer clairement sur le moment. Vient le temps où l'on pourrait s'y attarder mais les personnes concernées sont mortes. Maintenant qu'elle aurait l'expérience de sa vie pour en parler calmement avec ses parents, un peu comme on discute d'un livre, où sont-ils? Face au silence, comment communiquer sinon par des regrets?

La crise des années trente atteint la famille, contrainte de réduire son train de vie.

On commence par renvoyer les précepteurs des enfants. Katharina et son frère, Christof, font connaissance avec l'école publique. L'adaptation n'est pas facile. Ulrike, qui a de l'ambition pour ses enfants, peut encore payer des leçons particulières et Katharina, qui a du goût pour les rubans et les dentelles, doit les échanger contre l'uniforme de l'école, une tenue marine austère malgré le petit col claudine blanc..

La tristesse progresse dans le pays puisqu'il faut vendre la maison, louer un appartement et se contenter d'une seule bonne.

Ulrike n'accepte pas cette nouvelle chute qui alourdit l'atmosphère de la maison. Elle multiplie ses attaques à l'encontre de Peter, lui reproche tout: la crise, la dévaluation de la monnaie, Hitler à la Chancellerie, cet idiot d'Autrichien qui n'est même pas fichu de parler l'allemand de Berlin, et puis pourquoi Peter a-t-il laissé son fils entrer dans les jeunesses hitlériennes ? Est-ce qu'il ne voit pas que tout cela va finir par une guerre ?

Ulrike n'aime pas cette monnaie allemande qui dégringole, ce pays qui tombe dans la misère, comme s'il n'avait jamais donné aucun savant au monde, comme s'il n'engendrait plus que des mendiants. Elle a toujours eu du flair. Au temps de sa splendeur, elle a acheté de l'or en barre qu'elle a transporté elle-même dans un sac à provisions tenu serré sur ses genoux entre Stuttgart et Zurich. Cette valeur lui permet d'envoyer Katharina dans un pensionnat en Suisse pour y apprendre le français. Elle choisit un institut modeste: que sa fille s'habitue à se serrer la ceinture, après tout...

Katharina n'a pas encore dix-huit ans quand elle quitte l'Allemagne. D'elle, on dira et on répétera que c'est une beauté : grande, blonde aux yeux bleus si clairs qu'ils brillent dans la pénombre. Elle est mince, musclée, sportive aussi (sa mère a tenu à lui faire apprendre le tennis).

Lorsque deux ans plus tard elle épousera un Suisse de quinze ans son aîné, Christof, son frère, alors incorporé dans les SS, reprochera à sa mère d'avoir laissé filer à l'étranger un aussi beau spécimen de la race aryenne.

Malgré sa nouvelle pauvreté, Ulrike rêve encore, à l'instant où Katharina entre au pensionnat, d'un grand mariage pour cette fille si pleine de grâce et de noblesse.

Mais l'Histoire veille.

Depuis la séparation, Ulrike vit toute seule dans un appartement à Stuttgart. Christof fait son service militaire. Il sera SS, c'est sûr. Fierté du père : ce sont les hommes les mieux bâtis qui sont sélectionnés, on leur mesure tout, même les muscles ; on analyse la vigueur de leurs poils, chaque soldat doit correspondre aux critères de la race aryenne.

Ulrike, qui voit Peter de temps à autre pour liquider quelques affaires de famille, ne peut s'empêcher, une fois de plus, de le traiter de gros naïf : d'où est-ce que ce soi-disant Führer la sort cette race aryenne ? Est-ce que cet épouvantail en serait le modèle ? Et lui, Peter, ne voit-il pas que cet Autrichien dupe toute la nation avec ses idioties ? Et même s'il est Chef d'Etat, c'est un assassin, un va-t'en guerre, elle le sent, c'est pour cela qu'elle a utilisé ses derniers sous à placer Katharina dans un pensionnat en Suisse, elle ne veut pas qu'on envoie de force sa fille travailler dans les champs pendant un an. Et puis, cela ne m'étonne pas de toi, Peter, tu ne vois rien! Au-dessus de chez moi, il y avait un couple de rentiers, des gens aisés en fin de soixantaine, ils étaient en bonne santé et ils ont disparu, un jour on ne les a plus vus tout simplement. Ils sont partis à l'hôpital, dit la police, mais si tu demandes lequel, personne ne peut répondre. Et qui est venu s'installer dans leur cinq pièces? La famille d'un gros bonnet qui porte un uniforme SS, comme par hasard. Et ce n'est pas la première fois que des gens disparaissent dans le quartier, des bruits atroces courent au marché, tu n'imagines pas tout ce qu'on apprend en achetant une salade ou un poisson, mais on dirait que ces rumeurs inquiétantes sont condamnées à cuire avec les choux, parce que, un peu plus loin, les gens ont la bouche cousue, et toi, Peter, tu trouves tout ça normal?

Il se tait. Depuis que le Führer guide la nation, il a du travail. Le vernis d'autrefois est perdu mais il n'a plus envie de se battre. Il travaille pour manger, sans plus. La soixantaine approche, l'alcool l'asservit. Il est brisé. Il se tait. Quel avantage aurait-il à s'exprimer?

En 1937, les économies d'Ulrike ont fondu. La pension que lui verse Peter n'est pas grasse mais elle parvient à survivre grâce à des traductions qu'elle effectue pour des entreprises commerciales. Malgré tout, l'évidence est là: elle ne peut plus payer le pensionnat de Katharina et ne veut surtout pas que sa fille revienne en Allemagne. Elle juge la situation trop dangereuse.

C'est alors que le hasard arrange les choses.

La sœur des deux demoiselles qui dirigent l'institut où réside Katharina, le pensionnat des Bruyères, à Auvernier près de Neuchâtel, est mariée à un médecin. Trois maternités en cinq ans et autant de fausses couches (drôle d'exemple pour un médecin, pense Ulrike) sont venues à bout de sa résistance. Elle cherche précisément une jeune fille pour s'occuper des enfants.

Ulrike pousse Katharina à accepter: si elle rentre au pays, elle doit savoir ce que son âge lui réserve, une année de soi-disant volontariat à la campagne. Aller retourner les andains sous le soleil, ça brûle les bras, et s'il faut faire ça entre deux averses, c'est encore plus fatigant, les travaux des champs t'épaissiront. Et puis, il y a tellement de choses bizarres qui se passent: l'Autrichien nous prépare du louche, tu devrais le voir parler à la foule, Katharina, il donne du pain aux Allemands, d'accord, mais il leur jette surtout de la poudre aux yeux. C'est étrange que personne ne sente l'odeur de la vraie poudre, ça pue la guerre, je la renifle d'ici. Comment cet homme ridicule peut-il subjuguer les foules? Et ton père n'y voit rien, ton frère est tellement fier de son uniforme alors on se tait, d'ailleurs en Allemagne les temps sont si troubles qu'il vaut mieux fermer sa bouche et boucher ses oreilles...

Katharina accepte.

A partir de mai 1937, elle s'occupe des enfants du docteur Gondebrœk à E.

E. est alors un village perdu au milieu des champs. En automne et en hiver, le brouillard le dissimule aux regards. Est-ce pour cela que les fermes sont ternes? Katharina, habituée aux façades à colombages, aux constructions enrubannées de fleurs des paysans allemands, n'admire que la vieille maison bernoise. Ces gens-là, pense-t-elle, n'ont pas eu peur de mettre un peu de beauté dans cette région de marécages. Heureusement que la fin du printemps apporte des roses dans les jardins.

La terre noire, fine, légère est généreuse. Les gros paysans sont nombreux et le village compte deux barons du fromage.

La famille du docteur vit dans une demeure sans style, composée de multiples pièces dont quatre, adossées au bâtiment, forment une dépendance et sont réservées à la pratique médicale: salle d'attente, bureau, salle d'examens et laboratoire. Au-dessus de cette espèce de verrue plate, une terrasse abritée du vent permet de profiter du soleil printanier et automnal. Le bloc principal est un volume cubique avec toit en tuiles, édifié sur trois niveaux. Au-dessus des caves, il y a le salon, la salle à manger et la cuisine. Quatre pièces se trouvent au premier étage: la chambre des parents, celles des enfants. Katharina loge tout en haut, sous le toit, dans l'une des pièces mansardées. Cette demeure est entourée d'un verger de cerisiers, pommiers, pruniers, poiriers et, comparée à celle de l'enfance de Katharina, elle est bien banale. Les pièces manquent de hauteur, les plafonds n'ont pas de décorations qui incitent à la rêverie; il n'y a ni meubles, chargés de l'histoire de ceux qui les ont utilisés, ni tapisseries qui racontent des scènes d'amour, de guerre ou de chasse, ni tableaux qui imposent des ancêtres en dentelles qui vous suivent du regard. Contre les murs, on peut voir des champs de fleurs peints: ce sont les aquarelles du docteur Gondebrœk. Elle les regarde puis se dit qu'on ne peut pas être peintre et médecin.

Tout est pratique, confortable, moderne.

Elle s'y habituera.

Et puis sa mère l'a tellement effrayée avec la transformation de son pays – en effet, même les journaux que lisent le docteur et sa femme répercutent des faits peu rassurants – qu'elle se soumet au fameux flair d'Ulrike. C'est à cause de cette perception supplémentaire d'ailleurs que Katharina a pu passer un an aux Bruyères. Elle est presque certaine qu'il reste un peu de métal, ses parents étaient si riches et sa mère bien trop maligne pour ne pas en avoir oublié dans un coin. Parce que la présence de quelques rognures d'or lui permettrait de suivre une école de secrétariat, mais avec Ulrike, il ne faut jamais parler d'argent: cela fait partie des choses non convenables.

Le silence s'impose, forcément.

Ce qu'elle ne sait pas, c'est qu'elle est entrée dans un monde où tout se tait et se taira.

Jeanne, la femme du docteur Gondebrœk, est petite et svelte. Elle a les dents en avant, des taches de rousseur sur une peau blanche. Des yeux clairs illuminent un visage sans grâce et doux, un sourire généreux creuse des fossettes. Elle ressemble à Madame Irmgard, l'épicière de sa mère. Il lui manque le tablier et le vocabulaire, même si Madame Irmgard n'a pas cette chaleur dans l'expression. Est-elle l'employée d'une reproduction de l'épicière ? Ce constat de Katharina lui vaut cette réplique maternelle : si cette femme est brave, sois brave à ton tour, je ne sais ce que l'avenir nous prépare mais c'est maintenant que nous vivons et il faut se contenter de ce que nous avons, à condition que cela ne nous empêche pas de respirer.

Jeanne Gondebrœk se mêle à la vie du village. Elle est présidente des « dames de la couture » qui tricotent pour les pauvres et viennent en aide aux femmes chargées d'enfants, confectionnent ou raccommodent des vêtements. Quand, en été et en automne, les branches des arbres sont bien alourdies, Jeanne distribue les surplus de fruits et, pendant l'hiver, elle joint aux pulls tricotés quelques pots de confiture parce qu'elle sait qu'à la campagne il y a des gens qui ont moins d'arbres que d'autres et plus de bouches à nourrir aussi. « C'est vous qui devriez être la dame du pasteur au lieu de la sainte perche qui lui tient compagnie », lui glisse-t-on parfois lorsqu'elle apporte un panier de fruits, un bouquet de fleurs ou une nappe brodée.

Elle est toujours disponible pour les villageois : ils peuvent venir taper à la fenêtre de la cuisine, lui demander conseil. Elle remarque la détresse d'un orphelin placé par l'Assistance publique dans une famille de paysans. On exige de ce gosse – qu'on maltraite aussi – des tâches de domestique de campagne. Elle le fait venir chez elle, lui donne à manger, l'épouille, soigne les blessures laissées par des coups de canne. Sans consulter personne, elle va trouver la femme du paysan. Avant son mariage, dit-elle, elle était maîtresse d'économie domestique, il n'y a pas besoin de regarder Alain deux fois pour comprendre qu'il est mal nourri : « Si vous mouriez, Madame, et que votre fils soit placé chez des paysans qui le traitent exactement comme vous traitez Alain, est-ce que votre âme aurait la paix ? Est-ce que ce repos auquel vous auriez droit ne deviendrait pas un enfer ? ». Le visage brun et dur de la femme marque une émotion. Jeanne y voit un signe d'humanisation. Elle ajoute : « Votre fils, je dis bien votre fils, rappelez-vous que nul ne connaît ni le jour ni l'heure, votre fils donc devrait-il être puni chaque jour que Dieu fait parce qu'il serait orphelin ? ».

Désormais, Alain sera traité comme Jacques, le fils de la famille. On le fera dormir à l'intérieur de la maison et non plus à l'écurie. Comme Jacques, il ne recevra aucune marque d'affection mais les traces de coups disparaîtront. Il devra continuer à travailler à la ferme en dehors des heures d'école, toutefois on lui en demandera un peu moins et au fils un peu plus.

Un jour, la paysanne viendra trouver Jeanne: «Alain se porte mieux, n'est-ce pas? Il a des joues, maintenant. Pourquoi est-ce que le pasteur ne nous a rien dit lorsqu'il a placé l'enfant chez nous?». Jeanne soupire, voudrait dire que le pasteur s'occupe surtout des gens qui comptent dans la société. Elle se tait pourtant. La paysanne ne comprendrait pas: elle va rarement à l'église et, quand elle s'y trouve, à Pâques et à Noël, ou pour un enterrement, les paroles du pasteur tombant du haut de la chaire la plongent dans un état de stupeur: il est la science, elle est l'ignorance.

Jeanne se fait aider par une femme de ménage et depuis peu par Katharina qui s'occupe des enfants, deux garçons, quatre et deux ans, et une petite fille de onze mois.

Le travail de la jeune fille consiste à surveiller les gosses qui s'ébattent dans le verger, elle joue avec eux, les lave, les fait manger. Elle met à tremper les brassières du bébé dans de l'eau tiède additionnée de flocons de savon.

Ces choses si rapidement dites remplissent pourtant ses journées et Katharina découvre l'inaltérable destinée féminine.

Christine est une poupée qui renvoie Katharina à ses souvenirs. C'est comme si je jouais de nouveau, pense-t-elle, sauf que les petits personnages de porcelaine qui ont accompagné mon enfance étaient couverts de batiste et de dentelles. Maman avait même fait confectionner par un fourreur des manteaux et par un bottier des chaussures d'une finesse remarquable... tout ça pour mes poupées...

Et, donnant à manger au bébé, un bébé enveloppé de vêtements tricotés main, un bébé sans dentelles, Katharina réalise que pendant de longues années – qui lui paraissent si courtes à présent – elle a dit : quand je serai grande. Maintenant, elle pense : quand j'étais petite.

C'est la roue du Temps.

Serrements de cœur répétés.

Et son avenir ?

Un mari, des enfants ?

En attendant, elle lange le bébé, le lave, lui talque les fesses : tous ces gestes de femme, elle les maîtrise déjà.

Pour jouer avec les garçons, elle se fait grande sœur. Le petit Jean obéit, mais Martin, l'aîné, la jauge du haut de ses quatre ans. Parlant de Katharina, il dit souvent : la grande fille. Il a conscience qu'elle exécute un travail payé. Si elle ne veut pas céder à ses caprices, il va se plaindre, se réfugie sur les genoux de sa mère, prend des airs excédés comme si la condition de Katharina la condamnait à s'incliner devant ses désirs absurdes.

De sa chambre mansardée, Katharina écrit des lettres à sa mère, tantôt en allemand, tantôt en français, ainsi l'exige Ulrike. Le docteur Gondebrœk et Madame sont aimables avec elle. C'est surtout avec sa femme qu'elle travaille. Lui, on ne le voit presque jamais. Il a ses consultations, ses visites, on vient des villages environnants frapper à sa porte au milieu de la nuit, on fait sonner le téléphone pendant les repas. Non, Katharina ne mange pas avec eux, elle prend ses repas avec les enfants, une heure avant les parents, parce que le père, fatigué par sa journée de travail, ne supporterait ni exclamations de joie ni hurlements de rage, les seuls moments où Katharina croise cet homme occupé, c'est le soir, au salon. Il ne lui adresse presque jamais la parole.

Au début, elle croit que c'est par mépris, puis elle découvre qu'il est timide. C'est à peine s'il la regarde d'ailleurs.

Les journées déroulent le temps à coups d'heures qui s'additionnent en gestes répétés. A part quelques cris et larmes, quelques manifestations de satisfaction, tout ressemble à ce qui s'est fait la veille.

Est-ce cela la vie, maman ? écrit Katharina.

Non, non ma fille, les jours ne sont pas pareils aux jours, fais confiance à mon flair. Chaque jour s'écoule en lui-même et contient ce qui prépare le lendemain. Et là, personne ne peut dire de quoi il sera fait. Pour l'instant, le silence est la mère des vertus.

Katharina maintient que l'uniformité est pesante à supporter. Elle a dix-neuf ans, est enfermée dans un lieu oublié, chez des gens charmants, mais quand verra-t-elle la ville ? Assistera-t-elle un jour à ces bals dont sa mère lui parlait avec tellement d'enthousiasme qu'elle avait l'impression de danser dans un rêve éveillé tout en écoutant, en guise de musique, une voix récitative empreinte de nostalgie ? Maintenant, elle voudrait rencontrer un jeune homme, quelqu'un de bien, un étudiant, une personne avec des idées dans la tête et qui les exprime : j'ai le droit d'aller à la ville un après-midi par quinzaine, je m'y promène, je regarde les vitrines des magasins, de temps en temps je m'achète une fanfreluche, il faut bien que le passage de ma jeunesse soit rythmé par quelque chose maman.

Il suffit parfois d'un insecte pour que tout s'écroule.
Un après-midi de septembre, Jeanne Gondebrœk est allongée dans le jardin, sur une chaise longue, son transatlantique, insiste-t-elle, parce que ce mot fait entrer, en même temps que le repos, un peu d'air du large. Elle n'a jamais vu la mer et rêve d'océan. Une

odeur de sel flotte dans l'air même si à deux pas il n'y a que des mirabelles.

La veille au soir, elle a fait des confitures et des conserves jusqu'à onze heures. A cause de la fatigue au fond d'elle, elle se sent alourdie, elle est rivée à son transat, comme si elle ne devait plus jamais en sortir. Ses bras pèsent plusieurs kilos. Sa conscience est au-dessus d'elle, flottante. Cet état agréable l'entraîne dans un sommeil profond.

Cris. On a crié. Le bébé.

Elle se lève brutalement, comment a-t-elle pu se laisser dériver dans le sommeil et abandonner son enfant, et, posant les pieds par terre pour enfiler ses chaussures, elle oublie que c'est la saison des prunes, les guêpes sont au sol, l'un de ces insectes aurait pu se glisser dans son soulier... La piqûre, elle la remarquera plus tard, en ouvrant la porte de la chambre de Christine – qui s'est rendormie.

Impossible de retourner sur sa chaise, il faut anesthésier la brûlure.

Personne ne sait que Jeanne porte la mort en elle.

Une septicémie, tapie dans son corps fragilisé par les maternités et les fausses couches, se développe et l'enlève en deux jours à ses enfants. Son mari médecin assiste, impuissant, à son agonie.

Le village pleure cette femme compatissante.

Le docteur Gondebrœk est en état de choc. Sa mère, veuve depuis trois ans, vient s'occuper de la maison, des enfants, on ne peut pas tout mettre sur le dos de Katharina, elle n'a que dix-neuf ans et même si cette fille est brave et se donne beaucoup de peine, ce n'est qu'une gamine après tout.

Lors de la cérémonie d'adieu, le petit Alain sanglote : cette femme, cet ange qui l'a sauvé, pourquoi elle ? Lui qui en sait long sur la méchanceté a peur que la paysanne profite du départ de Madame Gondebrœk pour recommencer à le persécuter. Effet de l'émotion ? La paysanne, assise à côté de lui, met sa main sur son épaule. Ce geste inattendu le rassure. C'est aussi la première marque d'affection qu'il a conscience de recevoir. Il a douze ans.

Madame mère explique aux aînés que leur maman est montée au ciel. Jean ne comprend pas très bien, Martin demande pourquoi elle ne l'a pas emmené avec lui. Et il pleure.

Elle réorganise la vie aussi : Katharina ne peut pas rester avec un veuf et trois petits enfants, elle est trop jeune, trop inexpérimentée, trop belle et tout cela ferait jaser au village. Lorsque le temps du deuil sera terminé, le docteur devra trouver une nouvelle mère pour ses enfants, une femme de son âge, distinguée et cultivée, qui puisse seconder son mari. En attendant, elle engage une gouvernante, une femme solide qui l'aidera à faire tourner la maison pendant que le docteur soigne ses malades.

Ulrike arrive d'Allemagne. Elle comprend que sa fille ne puisse demeurer dans la famille du docteur mais elle veut que Katharina reste en Suisse : Monsieur le docteur Gondebrœk et/ou Madame sa mère doivent bien connaître une famille à la recherche d'une jeune fille pour les enfants, vous n'avez aucune idée de ce qui se passe chez nous, les gens se laissent fasciner par cet idiot d'Autrichien et ses acolytes, des personnes disparaissent, et pas seulement des Juifs, des Allemands aussi, ceux qui disent du mal du régime, heureusement que je n'ai jamais traité Hitler d'idiot devant mon fils mais sachez que des parents se sont volatilisés pour avoir interdit à leur fils d'entrer dans les jeunesses hitlériennes, vous devriez, Madame et Monsieur, voir les regards se poser sur ce fou, les yeux boivent son image comme s'il était Dieu, non, non, ma fille ne rentrera pas en Allemagne, je n'ai plus confiance dans mon pays, je sens tellement de choses bizarres. Aurais-je osé vous écrire ce que je vous dis là ? Bien sûr que non. En Allemagne, j'ai l'impression que même ma chemise est capable de me trahir.

Le docteur Gondebrœk pense qu'Ulrike exagère. Berlinoise d'origine, elle est jalouse que les Prussiens se soient fait doubler par un obscur Allemand du sud dont les origines se confondent avec l'Autriche. D'accord, on lit des choses surprenantes, mais elle en rajoute, la mère de Katharina... après tout, il peut bien faire quelques coups de téléphone à des amis.

Un ami et collègue d'études du docteur Gondebrœk dirige un internat pour garçons de six à seize ans dans les Préalpes, oui, il a besoin de monde, son home est plus fréquenté que d'habitude.

Katharina s'occupera des petits, il faudra les surveiller en dehors des heures de classe, contrôler leurs effets personnels: oublier de signaler un trou à une chaussette ou à une chemisette serait une faute; laisser une lente se développer en pou ruinerait son institut; tous ces enfants viennent d'Italie, d'Allemagne, d'Angleterre, de France et même d'Argentine; nous leur offrons les meilleurs professeurs et le sport est un pilier important de notre système, *mens sana in corpore sano,* et faites attention, Mademoiselle Catherine, gardez bien les distances sinon le respect qu'ils vous doivent s'effondrera, ce sont tous des enfants de riches...

Ne pas dire qu'elle a fait partie de cette catégorie et que la richesse peut se volatiliser soudain.

Se taire. Comme le lui a conseillé sa mère, qui a toutefois reconnu qu'elle avait rêvé mieux pour elle, mais accepte ce travail, en attendant.

– En attendant quoi?

– Qu'une personne sensée assassine Hitler. Tout est encore possible.

Mademoiselle Catherine se montre compétente. Elle gagne plus d'argent que chez le docteur Gondebrœk. Elle s'offre de jolis vêtements, joue au tennis et apprend à skier pendant l'hiver.

Et puis ce village de montagne ressemble plutôt à un balcon : on tutoie les hauteurs, le regard plonge sur la plaine. Elle aime voir le soleil briller sur les pics et les pointes au lever et au tomber du jour : il éclaire l'obscur, apporte l'ombre, il est là, puissant et bienfaisant. En hiver, le brouillard traînant sur la plaine avec des airs de neige sale l'impressionne.

Elle se plaît sur ces hauteurs que des gens riches et mondains aiment à fréquenter et les plaisirs qu'elle se donne ne doivent rien à Ulrike.

Mais l'Histoire avance.

Fin mars 1938, Ulrike écrit à sa fille que le docteur Gondebrœk lui a annoncé sa visite. Pourquoi vient-il à Stuttgart ? Il n'a pas l'intention tout de même de lui parler de la mode du printemps ou de la dernière folie allemande... Que l'Autriche ouvre ses portes à un soi-disant enfant du pays qui a fait fortune ailleurs, elle peut le comprendre, mais que les messieurs de la politique internationale n'imaginent pas qu'un morceau de brioche jamais n'assouvira la faim d'un boulimique, voilà qui la surprend beaucoup.

Quelques jours plus tard, Ulrike demande à Katharina de prendre trois jours de congé : elle a des choses importantes à lui dire. Qu'elle réserve une chambre dans un hôtel modeste de Montreux, il doit bien y en avoir un malgré la puissance de la livre anglaise, nous nous promènerons au bord du lac parmi les fleurs et les palmiers, non, je ne pourrai pas monter dans ton village, mon cœur et la Faculté m'en empêchent.

Naïve, Katharina n'a pas réalisé, à ce moment, que sa mère n'avait aucune envie de voir comment sa fille se débrouillait bien sans elle. Ah, soupire-t-elle, si on pouvait rejouer sa vie avec une expérience de septuagénaire !

Quand Katharina apprend que le docteur Gondebrœk s'est rendu à Stuttgart dans le but de demander sa main – la tienne bien sûr c'est ainsi que cela se passe chez les gens bien élevés -, son étonnement éclate : comment, cet homme qui la regardait à peine tant qu'elle était chez lui, cet homme serait amoureux d'elle ?

– Amoureux fou, même.

– Si rapidement, après le... après la... de sa femme ? Cela ne fait que huit mois pourtant...

– Huit mois, c'est long pour un homme avec enfants.

Tout au long de ces trois jours, Ulrike tisse sa toile : elle s'exclame en regardant le paysage, « dire que nous marchons dans un lieu adoré par nos romantiques », elle s'arrête, toussote, pose sa voix : « Le docteur Gondebrœk t'aime, j'en suis sûre, d'accord il y a ces trois petits mais il a suffisamment d'argent pour t'offrir du personnel qui soulagera tes tâches domestiques, bien sûr, j'avais rêvé d'un anobli pour toi, le Kaiser a su reconnaître en eux des artisans de génie, inventifs, qui se sont enrichis grâce à leur mérite. Les circonstances nous offrent un médecin suisse, ce n'est pas si mal, il est chauve mais il a une belle tête, un sourire radieux, c'est un bon médecin, un peu plus petit que toi mais on ne choisit pas sa taille et puis tu n'auras qu'à éviter les chaussures à talons. N'oublie pas qu'il a une grande maison et des gosses touchants qui ont besoin d'une mère, de toi, toi qui les aimes tant. A l'heure actuelle, un bon mari, c'est celui qui vous assure le beurre tous les jours, il fera de toi Madame docteur Gondebrœk, tu deviendras suisse, tu pourras revenir te balader dans un paysage comme celui-ci, tu n'auras qu'à exiger une voiture, et tu peux mettre comme condition que le voyage de noces se fasse en Allemagne si tu tiens tant à revoir ton pays, ah si tu savais quelle tristesse le fou nous prépare, si seulement il avait eu du génie en peinture, il ferait partie de l'histoire de l'art au lieu de ça, l'Anschluss, et dans deux ans il aura toute l'Europe à sa botte s'il ne rencontre que des mous. Il ne va pas se contenter de l'Autriche uniquement, fais-moi confiance. Il ira ailleurs. Comment je sais cela ? Il n'arrête pas de faire fabriquer du matériel moderne pour son armée, et les autoroutes qui font la fierté des Allemands et l'envie des pays voisins, tu sais à quoi elles servent ? A déplacer des armées avec une rapidité incroyable. Avec la fille de ma cousine Maria – qui s'appelle aussi Maria, quelle imagination ! – nous avons traversé le pays, elle est riche, son mari a fait fortune avec les nazis, alors elle a une voiture, et bien ma chère fille sur les autoroutes d'Allemagne tu rencontres moins de véhicules civils que de matériel militaire. Même Maria, qui pense pourtant beaucoup de bien de l'Autrichien, même elle s'est étonnée de tous ces mouvements de troupes, cela me surprend de sa part d'ailleurs elle ne réfléchit jamais, elle a cinq ans de plus que toi pourtant. Ma chère fille, fais confiance à mon nez: une guerre éclatera, les Allemands seront les plus forts au début, les autres vont répliquer ensuite, il y aura des dégâts: n'oublie pas que nous avons des avions, des bombes, des sous-marins, des chars d'assaut, des mitraillettes, des énormes canons, tout cela fera de la purée humaine. Les hommes ont toujours adoré s'étriper. Si tu deviens Madame docteur Gondebrœk, tu y gagneras une protection, la Suisse sait se tenir en dehors des guerres. Tu ne seras plus une employée. Et surtout, surtout, tu sauveras trois bambins, sauver des vies, c'est la chose la plus noble du monde et si tu as peur de ne pas tout maîtriser, je peux rester avec toi, j'irai dormir dans la petite chambre mansardée, celle qui était la tienne du temps où tu t'occupais des enfants, je prendrai ta place, je veillerai sur les enfants et sur les tiens ensuite, ô mon Dieu, comme j'aimerais bercer tes petits.

Au début, Katharina hésite. Cet homme a presque le double de son âge, il a trois gamins, elle est à peine sortie de l'enfance, elle se faisait une autre idée de celui qui partagerait sa vie, elle ne le voyait pas si vieux. Le docteur Gondebrœk «appelez-moi Edouard» s'impatiente, veut la voir, lui téléphone. «Et si je disais non?» demande-t-elle un jour avec un petit rire de coquetterie.

«Je me ferai sauter la cervelle».

Il a dit cela, elle le jure. Elle jure aussi qu'elle n'avait pas suffisamment d'expérience pour ne pas y croire, qu'elle ne voulait pas être la cause d'un nouveau malheur pour ces enfants: leur éviter le pire avant tout, a-t-elle pensé.

Ulrike la harcèle aussi, lui téléphone tous les trois jours pour lui vanter les charmes de la campagne, les avantages de sa future situation d'épouse, de mère, le poste que tu occupes dans cet internat te permet de ne pas mendier ton pain mais si tu regardes la situation en face, il faut bien reconnaître que tu n'es qu'une bonne d'enfants.

Ulrike avait un instinct puissant des mots qui frappent.

Bien protégée du soleil qu'elle ne supporte plus, allongée sur la chaise longue de sa terrasse, Katharina, un bon demi-siècle plus tard, admire sa mère.

Malgré tout.

Elle a prévu la crise : elle a acheté de l'or. Elle a humé la guerre : elle a marié sa fille.

Elle l'a négociée, même.

Ulrike aura vanté sa beauté, sa jeunesse, sa fraîcheur, sa candeur, sa souplesse d'esprit, « une vraie pâte à modeler », elle aura mis en avant tous les handicaps du docteur Gondebrœk : quinze ans de plus, « elle n'a pas encore vingt ans et vous en avez passé trente-cinq », ses enfants « une telle situation n'est pas facile à accepter », elle lui aura fait comprendre que sa calvitie n'arrangeait pas les choses.

Le lui aura-t-elle dit ?

Pas directement. Parce que l'autre partie de la négociation a dû porter sur l'établissement d'Ulrike dans la maison du docteur.

Par ce mariage, elle contractait une assurance avec risques de guerre et cela au moment où l'Allemagne se projetait dans le millénaire nazi... Quel nez ! Après tout, elle aurait pu, comme beaucoup d'autres, croire à toutes les promesses de la propagande.

Ulrike a lacé et noué tant de fils que Katharina se retrouve entortillée dans une toile d'araignée.

Elle dit oui. Ce « oui », prononcé sous la double pression de sa mère et du chantage au suicide, avait presque fracturé ses dents serrées, comme si, à l'intérieur d'elle, quelque chose – son système psychosomatique ? – savait déjà qu'elle allait être aspirée par l'incontrôlable et que ce mariage serait un naufrage qu'elle masquerait elle-même en chantant la mélodie du bonheur.

Et pendant de nombreuses années, chaque fois qu'elle décrochera le téléphone, elle annoncera : « Allô, ici Madame docteur Gondebrœk ».

Au début, son mari l'impressionne. Elle peine un peu à l'appeler par son prénom mais elle est fière qu'il l'ait épousée contre l'avis de sa mère et de ses sœurs.

– N'est-elle pas trop jeune pour toi, il te faut une maman pour tes enfants, dit Madame mère.

– Je veux une femme pour moi d'abord, répond Edouard.

– Elle est bien trop mignonne pour ne pas être tête de linotte, dit sa sœur Charlotte la maigre, les yeux cerclés de lunettes. Tu devrais épouser une intellectuelle.

Edouard s'emporte : Charlotte est une vieille fille pleine de fiel, si les intellectuelles sont des bas-bleus dans son genre, la vie doit être bien triste.

Son autre sœur, la jolie Marlène, qui, à trente-trois ans, est toujours célibataire, lui conseille de porter son choix plutôt sur une femme musicienne qui ornerait d'harmoniques les moments brumeux de l'hiver.

Edouard lui glisse à l'oreille que, pour fouetter les fantasmes d'un homme, rien ne vaut les jeunes Allemandes à la sexualité bien développée. Marlène rougit et se tait. Timide, elle est trop timide et les hommes lui font peur... même son frère...En tout cas, elle n'osera jamais répéter ce qu'il vient de lui dire à l'insu des autres, comme s'il lui avait fait une faveur.

Madame mère et ses filles ne comprennent plus Edouard: cette Katharina l'aurait-elle ensorcelé? En des temps antérieurs, l'avis de la famille comptait.

La date du mariage est fixée à mi-octobre, treize mois après la mort de Jeanne. Les tiédeurs rousses de l'automne emballent l'église et quand, après le repas qui suit la cérémonie, Madame mère tend la main à Ulrike pour lui souhaiter un bon retour dans son pays, celle-ci répond: «Non, non, je reste, moi.»

Dans le train qui, après la noce, les ramène à la maison, Madame mère s'effondre, ses deux filles aussi. Quel arrangement Edouard a-t-il pris, sans rien dire à personne, avec cette Prussienne annonceuse de catastrophes? Elle nous énerve à toujours voir le pire partout. Elle s'est imposée, c'est sûr.

Rirette et Zélie, les sœurs de Jeanne la morte, sont tout étonnées à l'idée qu'une jeune pensionnaire arrivée aux Bruyères un jour de printemps remplace leur sœur un jour d'automne deux ans et demi plus tard. Sans changement de décor, en plus. Charlotte, la revêche comme la surnommera Katharina, lance d'une voix lugubre: «Quand un homme épouse une femme uniquement pour coucher avec, la catastrophe n'est pas loin.»

«Comment parles-tu?»

Sa mère et sa sœur sont effarées. Les sœurs de Jeanne rient. Charlotte fait remarquer à sa mère qu'elle a trente-quatre ans, Marlène trente-trois, Rirette et Zélie prennent de l'âge aussi, alors pourquoi devrait-elle taire une simple évidence? Zélie, qui adore traîner sur les voyelles, pouffe en prétendant qu'il aurait pu au moins acheter un nouveau lit conjugal.

Madame mère se dit que les gens décidément avancent n'importe quoi quand ils sont dépassés par les événements: quelle est cette situation qui vient se greffer sur la tragédie? A quoi ressemble-t-elle? A rien. Nous sommes en pleine improvisation, comme toujours... Quand on ne sait plus comment s'y prendre avec la réalité, on improvise...Elle redresse la tête, la penche du côté de la fenêtre et regarde la nuit depuis le train: les temps changent, la pudeur s'en va, le moment est bientôt venu pour elle d'aller rejoindre Gustave, son mari, si elle veut emporter quelques illusions dans l'au-delà.

Pendant des années, Katharina entendra dire qu'elle n'est pas à la hauteur, trop jeune, pas assez mûre, pas assez intellectuelle, trop étourdie, pas assez musicienne... Lorsqu'elle se plaindra, Edouard lui conseillera de ne pas s'occuper de ces crachats de jalousie: que veux-tu, ces femmes n'ont plus ta jeunesse et n'ont jamais eu ta beauté...

Au moment du mariage de Katharina, le docteur Gondebrœk représente une autorité importante. Seul praticien pour plusieurs villages, il a fait bâtir sa maison à E. Il est le premier médecin à s'être installé dans la région, ce qui lui vaut la reconnaissance des habitants.

Infiniment ?

Pas tout à fait, parce que si la présence de cet homme de science les rassure, ses gestes mystérieux, les poudres qu'il leur fait ingurgiter, les onguents qu'il leur demande d'appliquer, ce liquide qu'il injecte sous la peau ou dans les veines sont autant de pratiques insolites pour eux, habitués à se fournir à la pharmacie du «Bon Dieu». L'installation d'un médecin les propulse dans la modernité. Le progrès leur a permis de lutter efficacement contre les doryphores alors pourquoi un médecin avec ses piqûres, ses drogues et son bistouri – Edouard Gondebrœk est aussi chirurgien – ne viendrait-il pas à bout des miasmes qui les infectent ? Il a de l'instruction, lui, les études de médecine sont longues, normal qu'il sache soigner juste.

Edouard Gondebrœk réalise que beaucoup de ses patients, les plus pauvres surtout, ne viennent chez lui qu'après un détour chez le guérisseur ou le rebouteux à qui on donne une modeste pièce tandis que le médecin coûte plus cher. Il a beau gronder si l'on a trop attendu, la peur de la dépense est toujours la plus forte. Heureusement, la région compte des gros paysans qui comprennent l'importance de cerner le mal tout de suite. Les enfants sont obligatoirement assurés. Il est médecin des écoles. Pour le reste, il a du mal à convaincre ses patients qu'il doit être payé en argent liquide et non en lard, oie, poulet ou quartier de bœuf.

Les campagnards apprécient cet homme souriant qui leur adresse un petit salut de la main lorsqu'il passe en voiture dans les rues du village.

Son remariage dans l'église où treize mois plus tôt on enterrait sa femme contient en germe les rumeurs les plus folles. Tant que Katharina était «la jeune fille qui s'occupe des enfants», personne n'avait pris garde à elle. On la savait présente, dans l'enceinte de la maison, protégée des regards par des haies de troènes et de noisetiers entourant le jardin. Si elle souhaitait aller à Lausanne pour son jour de congé, le docteur la conduisait à la gare et la recherchait le soir afin de lui éviter de salir ses chaussures sur les chemins toujours crottés par les navettes régulières des vaches entre les écuries et l'abreuvoir.

Les villageois l'aperçoivent vraiment le jour de son mariage, lorsqu'elle sort de l'église, le voile relevé, au bras de son mari.

Ils découvrent une toute jeune femme au visage d'une finesse idéale que des cheveux blonds, tombant sur les épaules en boucles anglaises, embellissent encore. Elle est si mince que sa robe à ruchers glisse sur elle et souligne le modelé du corps. Cette femme sort d'une gravure de mode, disent les villageois, elle a un physique d'actrice de cinéma comme on en voit dans les journaux illustrés. Elle est trop belle pour ne pas s'ennuyer à vivre parmi nous, pensent les femmes plus âgées tandis que les jeunes l'envient et que les hommes se disent que ça doit complètement changer la vie d'avoir une telle construction dans son lit.

Les villageois se réjouissent déjà d'aller à la fenêtre de sa cuisine pour discuter avec elle, comme ils le faisaient du temps de la première femme. Ils l'imaginent aussi tricotant pour les plus pauvres et apportant des gâteries en prime. Eux, qui ont la réputation de ne pas être très hospitaliers, s'apprêtent à l'accueillir comme si elle était leur fée.

Cependant, l'installation de la nouvelle Madame Gondebrœk se place sous le signe de la rupture. Elle fait liquider le chien, un bouvier bernois, malgré les pleurs des enfants – non, elle ne veut pas le donner, il sera abattu et le chat aussi, ils ne reviendront pas au moins -, refuse d'entrer dans la société des «dames de la couture» – où prendre le temps de tricoter pour les autres avec tout ce qu'elle a à faire à la maison – et renvoie sèchement les quêteurs de conseils: que sait-elle à son âge?

– Hoooh, mais c'est le loup sous l'agneau, pense la vieille Emilie, la veuve, qui va chaque jour chez le docteur pour les gros travaux du ménage – à son âge, il faut bien qu'elle travaille, avec quoi mangerait-elle si on lui enlevait cette possibilité de gagner quelques sous?

Quand Edouard veut modifier le trajet du voyage de noces, Katharina s'y oppose : il n'en est pas question, son frère n'a pas pu assister à son mariage à cause d'une permission de deux jours, comme s'il devait être puni d'avoir laissé filer sa sœur à l'étranger, et d'une liaison ferroviaire insuffisante, finalement il a renoncé à cette permission ridicule mais tient fermement à rencontrer sa sœur lors de ce voyage et puis rappelle-toi Edouard que tu as promis à ma mère de m'emmener chez moi. « Venise tout d'un coup me ferait plus envie. » « Est-ce que tu sais que tous ces canaux servent d'égouts ? Alors toi qui as horreur des microbes... et cela fait si longtemps que je n'ai pas revu mon pays à cause des peurs de maman. »

Si le voyage de noces n'a pas lieu comme prévu, cela relève de l'incompétence d'un fonctionnaire, selon Edouard, ou d'un complot contre l'insolence nazie, selon la version d'Ulrike – non, non ma fille, ce n'est pas toi qui es visée mais c'est une manière d'humilier ton pays à travers toi.

Les faits sont les faits : le passeport n'est pas prêt dès le surlendemain du mariage, c'est-à-dire lundi, ainsi que l'avait assuré un employé de la préfecture, et le docteur Gondebrœk a déjà fermé son cabinet pour dix jours. Plus, il ne peut pas se le permettre.

Si tout avait correspondu aux plans, les nouveaux mariés auraient dû, le lundi suivant la cérémonie, aller chercher le passeport à la préfecture puis se rendre à l'ambassade d'Allemagne à Berne. De là, ils auraient pris la route du lac de Constance, se seraient arrêtés à Mainau, cette île réputée pour la beauté de sa végétation puis seraient allés à Stuttgart en empruntant l'une de ces autoroutes qui sont la fierté des Allemands.

Le passeport n'est entre les mains de Katharina que le jeudi en fin de journée, le fonctionnaire s'excuse platement: les papiers ont traîné il ne sait où, ni pourquoi. Elle voudrait à cet instant fermer la porte de la maison, filer, avaler un bout de route, soixante kilomètres peut-être, passer la nuit dans un hôtel, ils seraient déjà dans le voyage. Ulrike et Edouard ne sont pas d'accord: ce sont les saltimbanques qui partent à l'aventure. Ils dormiront chez eux et partiront le lendemain matin.

Ils roulent depuis moins d'une heure quand un accident oblige Edouard à faire son devoir de médecin. Les secours mettent du temps à venir et le docteur ne peut quitter les lieux sans avoir parlé avec le confrère qui s'occupera des patients. Katharina, qui a téléphoné à l'ambassade entre temps, annonce d'une voix lugubre sa fermeture: un piquet prétend qu'il s'agit de raisons internes, elle rouvrira lundi au début de l'après-midi, on m'a assuré que ça irait alors très vite... des choses pareilles, on ne les invente pas, c'est comme cet accident, d'ailleurs, pourquoi a-t-il fallu qu'il ait lieu à l'instant où tu passais, nous avons exactement une semaine de retard et tu ne peux pas prolonger tes vacances !

– C'est la seule chose impossible, confirme Edouard, le samedi est ma plus grosse journée pour les consultations, les gens viennent de partout, ils marchent parfois longtemps pour ça.

Katharina soupire. En attendant, elle découvre la Gruyère avec plaisir puisqu'il faut garder sa bonne humeur même si la réalité incite à une attitude contraire. L'Allemagne reste malgré tout le pays vers lequel ils se dirigent. Ils rouleront la nuit s'il le faut. Edouard tient à faire plaisir à sa jeune femme qui a finalement convenu avec son frère qu'ils se verraient mardi à Constance au Blumenhof et se rendraient ensuite sur l'île de Mainau. Lorsqu'ils arrivent à l'hôtel, ils trouvent un message de Christof. La permission a été supprimée. Impossible de dire où il est: secret d'Etat. Katharina comprend qu'elle a perdu son frère. Bien des années plus tard, elle apprendra qu'à l'heure où elle atteignait enfin le Blumenhof, Christof était envoyé dans les Sudètes.

Katharina déçue retient son émotion et soupire : elle n'a plus envie d'aller à Stuttgart, à quoi bon avaler des kilomètres pour ne pas rencontrer son frère ? Son père, elle vient de le revoir puisqu'il assistait à son mariage et puis il ne sait plus sourire et son visage porte les marques de l'amertume et de l'alcool, non, elle n'est pas pressée de retrouver cette image qui détruit celle du père aimé. Voilà pourquoi elle dit : « Si c'est possible de le faire, tu peux aller dans le Sud des Alpes, pourquoi pas ?»

Arrivés à Lugano le mercredi en fin de matinée, il leur reste une journée pour visiter la région. Katharina envoie des cartes, le Tessin lui plaît, Edouard lui promet d'y revenir plus tard. «Finalement, nous aurons voyagé comme des saltimbanques» dit-elle à son mari si fatigué d'avoir conduit qu'il ne remarque pas l'ironie. En compensation de ce voyage cahotique, il lui offre une robe en crêpe de Chine rouge avec de minuscules pois blancs qui illuminent la couleur et lui donne des airs de lever de soleil sur le désert. La jupe est ample et quand Katharina tourne, on dirait un liseron: quel bonheur d'être en compagnie d'une femme-fleur, dit-il en l'enlaçant.

Katharina découvre que si Edouard est gentil, il n'est pas bavard. Elle voudrait alimenter la conversation mais elle a peur d'être ridicule, il est si instruit, alors elle se tait ou parle de ce qu'elle connaît: des oiseaux, des fleurs, de sa nouvelle robe, du liseré en soie. Et puis elle découvre cette chose tue, dont sa mère, fervente adepte du *motus et bouche cousue* victorien n'a jamais voulu lui parler: ce que partager le lit d'un homme veut dire.

De retour de ce voyage de noces manqué, elle se dit que la destinée d'une femme est étrange... Cette «chose» s'arrange-t-elle avec le temps? Parce que si elle pouvait la qualifier, on l'entendrait dire qu'elle est tout à fait dégoûtante.

A son retour, Katharina est morose. Ulrike décrète que c'est bon signe: cela veut dire qu'elle se plaît en compagnie de son mari.

Katharina se tait. En elle sourd un malaise quand Edouard, comme gage d'amour, fait disparaître toutes les photos de Jeanne. «Tu devrais en garder au moins une pour les enfants», propose-t-elle.

Il refuse, c'est elle qu'ils doivent aimer et non une mère morte. On ne parlera plus d'elle désormais.

Pincements de cœur chez Katharina: qui est cet homme qui efface ainsi toutes les traces d'une vie?

Ne pas dire qu'elle se sent pleine de vertiges, bouclée dans une réalité sans issue, comment faire face maintenant à ce qu'elle voit, entend, perçoit?

Elle est trop jeune, elle le sent, pour avoir la responsabilité d'une maison avec des enfants qui ne sont pas les siens. Il y a ces gestes qu'elle devrait faire, qu'elle ne peut pas: comment manifester de l'amour maternel à Martin, Jean ou Christine, comment les réprimer, comment les aimer en grondant... elle n'est pas leur mère, il y a des droits qu'elle se sent incapable de prendre, elle n'a que quinze ans de plus que Martin, elle le considère comme un petit frère sans toutefois ressentir cette intimité qui lie un frère et une sœur alors penser: je dois donner une fessée si la provocation franchit les limites de l'acceptable...elle ne peut pas penser cela, ni le faire, elle a peur, peur que tout se retourne contre elle. De la bonne volonté, elle en a mais... s'il faut punir, elle enferme l'un ou l'autre dans sa chambre.

A chaque repas, Edouard – qui lui a promis de l'aider à les élever – lui demande si tout s'est bien passé. Elle rapporte, espérant des conseils: Jean a fait sa grosse commission dans sa culotte au sortir d'une interminable séance de pot de chambre, Martin, à qui elle avait interdit d'aller dans le jardin à cause du froid, lui a tiré la langue, il a même essayé de lui envoyer un coup de pied dans la jambe, Christine n'a rien fait, elle est trop petite pour cela. Sans entamer de dialogue avec ses enfants ni donner de conseil à Katharina sur la manière dont elle pourrait s'y prendre si le même cas se représente, Edouard fait le tour de la table et balance à chaque enfant une ou deux claques – suivant la gravité de la «faute». Ce qu'il ignore – et Katharina aussi – c'est qu'Ulrike en cachette a entraîné les garçons à la cave et leur a déjà administré une punition selon une recette qu'elle est seule à connaître. Cette adepte du châtiment corporel est persuadée que sa méthode transformera ces deux mauviettes en hommes. Dans sa famille, on élève les garçons comme ça: elle assure la continuité en somme. Pour éviter qu'on entende leurs cris, elle leur ferme la bouche avec un foulard et les menace de leur laver les boyaux au savon noir s'ils vont rapporter. Cela fait partie de la formation d'un homme: endurer en se taisant. En plus, elle ne cesse de répéter à Edouard que ses deux garçons sont de petits vicieux: Martin se tripote, Jean coupe des vers de terre, heureusement que Katharina a fait débarrasser le chien et le chat, des sacs à puces de toute façon, ces gamins auraient été capables de leur mutiler les oreilles ou les pattes rien que pour rire.

Katharina, que son mari appelle Kathy et les enfants Maman, doute de la direction prise. Pour son mari, elle éprouve de la sympathie mais peut-elle prétendre qu'il s'agisse d'amour? Ulrike a des vues bien arrêtées dans ce domaine: l'amour n'existe pas. C'est un sentiment incompatible avec la vie courante et qui a été inventé par les poètes, les peintres, les romanciers, il faut bien qu'ils vendent leurs chimères, mais surtout ne va pas te mettre des idées dans la tête. Le mariage te donne d'abord une situation sociale en dehors de laquelle tu n'es rien. Est-ce que tu réalises que, grâce à cela, tu es l'une des femmes les plus importantes d'une bourgade de sept cents habitants et de cinq autres villages environnants ?

– Alors tu n'as jamais aimé papa ?

– Non, répond Ulrike avec une franchise brutale. Je l'ai choisi comme père de mes enfants et quand il a perdu son argent, il ne m'a plus intéressée. Un bon mari, je te l'ai déjà dit et j'espère que je n'aurai plus à te répéter une chose aussi élémentaire, c'est celui qui t'apporte du beurre sur la table chaque jour.

Katharina frissonne. Heureusement que la petite Christine se met à pleurer, elle court vers elle, la prend dans ses bras, la couvre de baisers.

– Mais tu es folle, dit Ulrike, tu vas la ramollir à la dorloter ainsi.

Katharina abandonne la petite à sa mère et va s'asseoir sur son lit. Ah, si elle pouvait à cet instant mourir et renaître ailleurs au lieu d'avancer dans la vie avec la sensation désagréable d'être seule dans un sous-marin. Combien de temps sa carcasse résistera-t-elle aux pressions qui s'exercent sur elle ?

Il ne faut pas beaucoup de temps à Ulrike pour devenir le personnage-clé de la maison. Elle enseigne à Katharina l'art de la « bürgerliche Küche ». Edouard s'insurge contre les Knödel et les Dampfnudeln mais s'habitue à manger de la salade de pommes de terre avec des nouilles archicuites ou de la salade verte sucrée. Il apprécie les pâtisseries allemandes. Et puis, cette femme veut aider sa fille, sincèrement: élever les enfants, tenir la maison, c'est l'affaire des femmes, lui doit s'occuper de ses patients.

Katharina ne voit pas comment elle pourrait arrêter sa mère dans la conquête du pouvoir domestique, elle a toujours été dominatrice, alors... Les choses doivent être comme cela, pense-t-elle. Elle a été éduquée dans l'obéissance absolue. Ulrike et Edouard organisent sa vie et que peuvent ses vingt ans face au siècle, quasiment, que totalisent sa mère et son mari – heureusement que sa mère entre pour les deux tiers dans le calcul du siècle sinon elle aurait le vertige... Et puis il y a le chœur familial qui ne cesse de lui chanter mezza voce qu'elle est trop jeune, trop inexpérimentée, pas assez intellectuelle, pas assez quoi encore ? Pas assez musicienne ! Parce qu'il faudrait connaître la musique pour pétrir la pâte et torcher des mioches à longueur de journée ?

... et les adjectifs qui la qualifient seront-ils toujours accompagnés de «pas assez» et de «trop»?

Le système punitif triangulaire engendre très rapidement des troubles chez les garçons: Martin qui a six ans se met à mouiller son lit. Ulrike a beau le réveiller pour l'emmener aux toilettes, rien n'y fait. Jean a des cauchemars et hurle la nuit, hurle encore plus si Maman tente de le consoler. Seul son père y parvient mais papa est fatigué et n'a pas de temps à lui consacrer.

Emmy Gondebrœk, avertie de ces perturbations, décide de venir s'installer chez son fils. Elle avait assuré la transition au moment de la mort de Jeanne; elle aurait mieux fait de rester dans cette maison, mais le désir de retrouver ses meubles, des Louis-Philippe recouverts au petit point, de vivre à nouveau dans le cadre qui a été celui de sa vie avec son mari, ce désir-là a été le plus fort. Son intuition l'a toujours poussée à se méfier de cette Berlinoise épaisse et insensible pour qui les enfants sont des adultes en miniature qu'il faut mater : je parie qu'elle rêve de les faire courir tout nus par la nuit la plus froide de l'hiver.

Ulrike n'est pas contente de voir arriver l'intruse. Edouard, dans une de ses colères de faible, s'emporte : sa mère sait mieux que quiconque ce qui est bon pour ses enfants, elle connaît notre mentalité, elle, crie-t-il un soir, lors du repas, à la suite d'un conflit entre Emmy et la Prussienne à propos de Martin qui, ayant fait une énorme bêtise, devait être puni.

Au village, la rumeur ne tarde pas à se faufiler entre les murs des maisons : si le docteur a un bien beau corps dans son lit, le paradis, c'était plutôt avant, ça crie beaucoup depuis la nouvelle Madame Gondebrœk, il y a aussi cette grosse dame à lunettes, bâtie comme un tonneau de bière et qui se paie une vraie tête de crapaud avec des cheveux crépus, elle porte la méchanceté sur elle, c'est elle qui mène la danse, d'ailleurs cette Allemande-là fait exprès de tourner la tête quand elle passe dans les rues du village, c'est à peine si elle dit bonjour, sa fille, on ne la voit jamais, elle nous évite c'est sûr, elle a trop peur de poser son regard sur nous, elle risquerait de planter son pied dans la crotte et voilà-ti pas que Madame Gondebrœk mère a dû quitter sa maison de Lausanne pour venir remettre les points sur les i, à son âge, si c'est pas malheureux tout de même.

Aucune rumeur cependant n'inquiète Katharina, femme encore enfant, poussée dans une cage, attirée par une illusion – le mariage arrangera tout a dit sa mère. L'illusion, chimère vide, lui fait oublier la recherche d'un horizon. Elle se retrouve prisonnière.

Prisonnière d'une mère, d'une belle-mère, de trois petits enfants.

N'importe quelle jeune mariée commence par vivre en tête-à-tête avec son mari, le couple se forme dans l'affrontement puis dans la fusion. Elle devrait être la maîtresse de maison. Au lieu de cela, chaque jour, elle est prise en charge par des autorités tutélaires. Depuis l'installation d'Emmy, beaucoup de courants contradictoires traversent la demeure et elle, Katharina, dite Kathy ou Maman, que fait-elle ici ? Quel est son rôle ? Durant la saison des fruits, elle se transforme en machine : confitures, gelées, presser, extraire jus, sucrer, quarante, cinquante pots d'un après-midi.

Elle se sent éclatée.

Un morceau d'elle s'occupe des enfants.

Un autre décide du menu pour autant qu'il convienne à Ulrike qui s'est découvert des sécrétions acides et à

Emmy qui ne supporte pas le gras ni cette salade de pommes de terre à l'allemande qui revient trois à quatre fois par semaine et tant qu'elle vivra ici on fera de la salade avec de l'huile, du vinaigre et de la moutarde et on s'abstiendra de l'inonder d'un jus sucré, drôle d'idée de pervertir des feuilles vertes et craquantes !

Un autre morceau de Katharina geint auprès d'Edouard, qui ferme ses oreilles: il ne veut plus entendre parler de ces histoires de femmes, qu'elles se débrouillent entre elles pour la marche de la maison, qu'on écoute plutôt sa mère, pendant ses loisirs il s'occupe de sa femme et qu'on le laisse travailler en paix, il faut bien qu'il gagne la nourriture de toute cette maisonnée, huit bouches à nourrir chaque jour avec la vieille Emilie, bon sang, qu'on ne l'embête pas avec de la sauce à salade alors que le matin même il a dû aller décrocher un pendu, un tout jeune domestique, un gamin presque, de toute façon c'est la cuisine de sa mère qu'il préfère, on aurait dû s'en douter dès le début, pourquoi lui demande-t-on son avis ?

Ulrike se tait. Une chose la rassure: elle est solide comme un roc tandis que Madame mère a les paupières qui lui tombent sur les yeux et des fatigues soudaines qui ne trompent pas. C'est le cœur, elle n'en a plus pour longtemps, nous gagnerons, tu verras, dit-elle à sa fille qui commence à avoir peur du cynisme de sa mère.

Katharina éclatée rêve de fuir cette maison qui n'a pas besoin d'elle finalement. Elle aimerait revoir son pays, son frère, parler avec lui, vérifier s'il est vraiment devenu cet étranger, comme le prétend Ulrike – peut-on encore faire confiance à cette femme qui s'étourdit dans la médisance ? Et si elle retourne là-bas, pourquoi n'y resterait-elle pas ? L'Allemagne est sa patrie après tout. Son frère l'aiderait à trouver du travail, elle serait capable de gagner sa vie autrement qu'en dépistant des trous dans des chaussettes d'enfants. Christof, son compagnon de jeux, ne peut l'avoir oubliée, elle, la sœur adorée. Donc, une fois en Allemagne, elle se mettrait à sa recherche par l'entremise de son père ou de Tante Gudrun, ja, la très efficace et énergique Tante Gudrun qui déteste Ulrike, elle lui demanderait de l'aider à sortir de cette gondebrœkerie, elle parle et écrit le français comme l'allemand. Après tout, c'est Ulrike qui lui fait croire qu'elle est inapte à gagner sa vie, mais rien n'a été prouvé.

Elle s'en tirerait, c'est sûr.

Mais de quoi se tirerait-elle ? Du mariage ?

D'une rêverie à l'autre, elle échafaude un plan, sans y croire au début. Elle le fait comme elle jetterait des dés en attendant le trois fois six. Rien que pour voir. Des fois, le hasard s'enfile dans des brèches et tout est bouleversé.

Elle demande de l'argent à son mari, elle doit absolument aller à Lausanne, acheter des vêtements pour elle, pour les enfants; non, non, elle ira seule, pourquoi devrait-elle être chaperonnée ? Elle est Madame docteur Gondebrœk, après tout.

Au retour, elle se plaint: la vie est devenue si chère tout d'un coup, comment tournent les gagne-petit ? Vont-ils devoir aller bientôt tout nus ? Le peu qu'elle a trouvé lui a coûté les yeux de la tête, mais non Edouard, comment peux-tu croire que j'achète des vêtements pour enfants dans les boutiques de luxe ? Je connais les magasins populaires aussi bien que ta maman.

Elle recommence ce manège quelques fois sans qu'Edouard se doute qu'elle amasse de l'argent. Pour fuir. Ni plus, ni moins.

Un soir, elle annonce qu'elle doit partir le lendemain matin déjà, oui, elle a rendez-vous chez le dentiste et chez le coiffeur aussi, elle a vu des offres spéciales de laine à tricoter, il y aura une grande mise en vente de sous-vêtements pour enfants, elle ne reviendra qu'en fin de journée, elle mangera dans une brasserie.

Que crains-tu Edouard? Lausanne n'est pas Berlin.

Lorsqu'il conduit sa femme à la gare, Edouard est un peu surpris de son élégance extrême un jour ordinaire. Elle porte la robe rouge à pois blancs qu'il lui a achetée lors du voyage de noces, un chapeau blanc à voilette met en scène son visage. Le soleil du matin l'illumine. On la dirait sortie d'une toile impressionniste.

– Tu es plus belle que le jour, dit-il.

– Et pourtant, je devrais avoir une tête de déterrée. Il était presque minuit quand j'ai terminé mon dernier pot de gelée de framboises et ce matin, j'ai eu des nausées en me levant et je n'ai rien pu avaler au petit déjeuner. C'est pour cacher la fatigue de mon visage que j'ai mis cette voilette. Et cette robe, il faut bien que je la porte de temps à autre, tu ne m'emmènes jamais nulle part.

A Lausanne, Katharina achète un billet pour Bâle, billet sans retour s'il vous plaît Monsieur. Une fois là-bas, elle passera une nuit ou deux à l'hôtel, le temps de joindre son frère ou Tante Gudrun. Elle sera en Allemagne, presque. Elle s'achètera quelques vêtements, elle n'a aucun bagage avec elle, mais c'est sans importance.

Le rapide qui l'emmène vers Bâle passe par E. et lorsqu'elle aperçoit, entre les arbres et d'autres maisons, celle où elle devrait être en cet instant, elle pense à Christine, à Jean, à Martin: des pincements de cœur lui donnent la sensation de ne plus pouvoir respirer, comme si elle s'étranglait. Un monstre, est-elle un monstre de fuir ainsi? Et pourtant, là-bas, sous ce toit de tuiles qui brillent dans le soleil, c'est elle qu'on étrangle, voilà pourquoi elle...

... sonnerie de clochette, une voix annonce qu'il faut retenir sa place pour le premier service du wagon-restaurant, elle se précipite, appelle le garçon, lui demande de lui parler du menu, du prix, fait retenir une place, côté fenêtre si possible, dit-elle avec un large sourire et, quand arrive le terme de cet échange insignifiant, le paysage familier a disparu de même que l'image des enfants qui sont en des mains plus compétentes que les siennes. Elle est Katharina rentrant au pays et mourant de faim à cette heure, ce qui est normal: à cause de cette nausée matinale, elle n'a rien pu manger.

Au wagon-restaurant, on la place en face d'un homme. Lui, surpris par le physique et la classe de Katharina, se lève, s'incline, claque des talons, se présente: Graf von Z. Elle n'a jamais imaginé qu'un homme de cette allure, un compatriote en plus, se présenterait à elle. Que dire? Qu'elle est Frau Doktor Gondebrœk en rupture? Cela est-il compatible avec son chapeau à voilette et la distinction évidente de son vis-à-vis? Pour éviter de se sentir ridicule, elle choisit de mentir, tant pis, elle va en visite chez une tante à Bâle puis elle ira, oui, ... heu... trouver son frère...

L'homme fixe son alliance et dit:

– J'espère que vous êtes comblée, vous êtes bien trop belle pour ne pas être heureuse tous les jours.

Puis le Graf von Z. lui parle de sa famille qu'une invention a rendue célèbre dans le monde entier, du génie allemand, de cette nation dont il aimerait être fier, malheureusement l'Allemagne traverse une crise populiste néfaste. Quand les monarchies s'affaiblissent, que voit-on apparaître ? Des voyous qui se taillent la part du lion en jetant de la poudre aux yeux du brave peuple éberlué. Sous prétexte de démocratie, on lui promet n'importe quoi. Tout le mal vient de ces ouvriers qui ont permis au bolchévisme d'éclore. Avec le fascisme et le nazisme, ces doctrines tirent leurs origines de la même force : ce sont des courants qui s'appuient sur le peuple pour obtenir le pouvoir. Elles y parviennent en promettant le paradis. Cela est faux bien sûr. Les monarchies n'ont pas besoin de pratiquer une démagogie ridicule, elles n'ont pas à être élues, elles sont là, forces protectrices naturelles des peuples, tandis que maintenant... la fumée vous dérange-t-elle ?

Katharina est troublée : jamais personne ne lui a tenu des propos avec des idées. Qu'elles soient bonnes ou mauvaises lui paraît secondaire, ce qui l'intéresse c'est le débat qui en découle. En face d'elle, le comte, plongé dans ses nostalgies, la regarde sans la fixer, ses yeux renvoient une lumière bleue qui l'interroge elle, Katharina la fugueuse.

Non, non, pense-t-elle, je ne me laisserai pas charmer, le jeu du contentement m'a lâchée et j'ai fui dans un moment de faiblesse. Elle sursaute : quoi, elle a déjà dépassé Neuchâtel, près de cette ville s'est accomplie sa première année suisse et elle n'a pas vu filer le temps ni défiler le paysage ! L'homme l'a captivée, ce dont elle se sent coupable, comme si elle prenait ce plaisir-là en contrebande. A la fin du repas, le comte von Z. lui remet sa carte : quoi qu'il vous arrive, vous pourrez toujours me joindre à cette adresse, mon secrétaire fera suivre, même si je me trouve dans la brousse ou dans la jungle, je vous attendrai, puis il la raccompagne jusqu'à sa place et prend congé d'elle en lui baisant la main – elle avait oublié cette forme d'hommage tant les Suisses y sont peu exercés.

Le vin rouge du repas et la présence du comte la plongent dans une torpeur bienfaisante. Elle entend les gens parler, murmurer, mais son esprit, détaché de leurs propos, les perçoit malgré tout. Elle est au-dessus, à côté, elle est bien. Si cet état s'appelle le bonheur alors elle est heureuse. Et pourtant, que l'on parle allemand ou français dans le wagon, elle palpe une certaine nervosité, des mots comme : guerre, mobilisation générale, victimes, mon Dieu, émergent du brouhaha.

A son arrivée à Bâle, de grandes affiches placardées accrochent son regard : la Suisse mobilise ses troupes de citoyens-soldats, l'Europe est entrée en guerre.

Au lieu de téléphoner à Tante Gudrun, elle appelle son mari : oui, elle a voulu s'enfuir. Aux pressions d'Ulrike sont venues s'ajouter celles d'Emmy, elle aura vingt et un ans dans trois jours et l'Europe est en guerre. Elle aimerait qu'il la rejoigne à Bâle, qu'ils discutent un peu, à la maison, ils n'ont jamais une minute à eux.

Qu'elle passe la nuit à l'hôtel, Edouard la rejoindra le lendemain.

En l'attendant, elle se promène le long du Rhin. Elle envie l'eau qui glisse vers l'Allemagne: devenir eau, reflet de maisons, d'arbres, ne pas être incarnée dans un de ces corps humains souffrants, se sentir liquide et filer...

Ne pas penser que de l'autre côté, dans son pays, il y a les fauteurs de guerre et qu'Ulrike a eu raison.

Et Christof? Maintenant que par son mariage elle a changé de nationalité, il est... non, il n'est pas devenu un ennemi puisque la Suisse est neutre, mais sait-on jamais...

Edouard arrive plus tôt que prévu, il n'a pas dormi de la nuit, il n'y parvenait pas, bien avant le lever du jour, il a pris sa voiture, roulé comme un fou, malade à l'idée que Kathy avait voulu le quitter, lui qui l'aime plus que sa propre vie. Non, non, ce n'est pas toi que je voulais fuir mais la maison, cette maison pleine de mères où je ne suis que l'invitée inexpérimentée et non l'épouse, si nous n'étions que les deux ce serait merveilleux, mais il y a le reste, tous les jours de la vie, et puis, Edouard, avant moi, tu avais des amis, quand Jeanne était là vous invitiez, vous étiez invités aussi. A part les visites obligatoires (obligatoires pour qui, pour elles, pour nous?) de tes sœurs et de celles de Jeanne, personne ne vient à la maison et on dirait que ces sœurs et belles-sœurs n'existent que pour me débiter des choses désagréables. Serais-je emmurée?

Edouard n'ose pas lui avouer qu'il évite ses amis parce qu'il a peur qu'ils lui volent sa femme. Quand il la voit, en face d'autres hommes, il se sent mal à l'aise dans son corps trapu, surmonté d'une tête absolument chauve, alors, il a préféré couper ces fils, artificiels finalement, qui le reliaient aux autres. Il invoque le travail, trop de travail, ses vrais amis, il les a évalués à la mort de Jeanne, peu se sont montrés à la hauteur, mais il reverrait volontiers, si Kathy est d'accord, Louis Dorner, un avocat connu, marié à une ravissante femme, pourquoi n'y a-t-il pas pensé durant cette première année de leur mariage? Kathy lui suffisait, quelle meilleure preuve d'amour lui donner?

Il promet aussi de lui acheter une voiture: elle apprendra à conduire et quand elle en aura assez de la tutelle des mères, elle filera en ville avec sa voiture, s'achètera des robes, Lausanne compte quelques belles boutiques tout de même, mais n'oublie jamais, Kathy chérie, que tu as besoin de ces femmes, sans elles, chaque lever de jour te serait trop lourd: il y a cette maison à entretenir même si Emilie s'en occupe, il faut surveiller que le travail soit fait, il y a aussi les enfants à vêtir, laver, nourrir, éduquer et pour quelques moments de bonheur et d'harmonie que t'apporte la famille, il ne faut pas négliger ceux qui sont douloureux et ennuyeux.

Et, tous comptes faits, les mères nous permettent d'économiser le salaire d'une gouvernante.

Aujourd'hui, Katharina sait: elle a eu peur.

Peur de cette époque troublée. A cause des prophéties d'Ulrike?

Peur aussi de suivre ce comte si élégant, si fascinant...

Peur de vivre, en somme.

Et puis ces nausées matinales combinées avec un retard de règles annoncent une germination. On ne prive pas un enfant de son père. Il fallait dire non avant.

Elle n'a pas su inventer cette chose simple pourtant: dire non. Ulrike l'aurait fait, elle pas, elle n'a pas une âme d'exploratrice... accepter l'évidence.

Bien corsetée moralement par sa mère, il lui a manqué de la force de caractère ou une dose d'inconscience peut-être pour s'en tirer, ce qui lui a valu ensuite de tirer sa vie comme un pensum... même si son mari était gentil, taiseux mais gentil.

Maintenant que sa vie est passée, elle comprend mal sa mère. Comment cette femme libre, mariée tardivement dans le seul but d'avoir des enfants et qui gagne sa vie pendant plus de vingt ans, comment a-t-elle pu transformer sa fille en angelot d'ornement, lisse et reluisant de félicité éternelle? Fidèle adepte du credo victorien, elle la prépare à élever des enfants sans même lui donner des indications sur la voie qu'ils empruntent pour venir au monde.

Mais peut-on grandir avec une peau d'angelot ?

Restent les regrets.

Regrets de ne pas avoir été Katharina poursuivant sa route, advienne que pourra.

Regrets de ne pas s'être laissée prendre par le charme du Graf von Z.

Regrets de n'avoir pas construit sa vie elle-même.

Ni Emmy, ni Ulrike ne font de commentaires au retour de la fugueuse qui leur présente une robe somptueuse en satin de soie coquille d'œuf et un ensemble en crêpe de Chine caramel. Edouard lui a aussi offert un chapeau à larges bords, surmonté de plumes, le tout d'un violet tellement extravagant qu'Emmy se permet de lui demander si elle le portera pour aller cueillir les prunes du jardin ou pour accompagner Martin, il vient de commencer l'école, elle ne veut pas s'en charger tous les jours, elle prend de l'âge, elle se fatigue et il faut bien compter un mois jusqu'à ce qu'il comprenne comment et où les piétons doivent marcher ; il y a des camions qui passent par le village, des convois de chevaux, des bicyclettes et des voitures, c'est important qu'il apprenne le bon itinéraire par cœur, les gens d'ici s'en fichent, ils lâchent leurs gamins comme des chiots et quand il y a un accident, ils invoquent la fatalité.

Les mères s'étaient tues aussi lorsqu'elles avaient compris que Katharina était partie. Elles n'en avaient même pas parlé entre elles. A cause d'Emilie qui n'aurait pas manqué de colporter au village que la dame du docteur avait joué les filles de l'air et allez savoir avec qui, voilà ce qui arrive quand on épouse une jeune beauté ! Les villageois auraient eu de quoi se gausser. Une vraie farce...

En toutes circonstances, sauvegarder les apparences.

A son retour de Bâle, Katharina connaît la béatitude. Elle aura son propre enfant, elle sera une personne complète.

Enfin.

Elle rêve cette vie à venir et oublie celle des autres, abandonne les enfants aux mères. Les turbulences ne l'atteignent plus. Elle apprend à conduire. Cependant, à cause des économies de guerre, seuls le médecin et le garagiste ont le droit de rouler. Alors, en attendant d'avoir sa propre voiture, elle conduit parfois celle de son mari, dans les chemins de campagne, à condition qu'il soit assis à côté d'elle en cas de contrôle. Edouard l'emmène au théâtre, au concert, au cinéma. Le jeudi est décrété jour du couple. Qui va à la pêche, aux champignons, mange au restaurant, même si ces dépenses exaspèrent Emmy : Edouard, pense-t-elle, pourrait avoir une voiture plus modeste, de toute façon, par les temps qui courent, elle ne peut emmener plus de deux personnes et une fois par année au moins il pourrait offrir quelques vêtements neufs à ses enfants au lieu de nous obliger à en extraire de ses vieilles nippes à lui. Et quand Christine sera plus grande, devrons-nous convertir en habits d'école les robes en soie de Kathy ?

Edouard tient à fêter sa jeune femme que la grossesse rend plus belle encore. Sa peau tendue est plus satinée, ses cheveux, qu'elle laisse tomber sur ses épaules, éclatent de vigueur, il a devant lui un Botticelli et Vénus palpite.

Il la fait venir dans son cabinet, lui demande de se dévêtir, mesure son tour de taille, contrôle son bassin, ses seins, s'extasie devant cette chair douce, admire les minuscules poils blonds qui ornent la chute des reins et invitent la main à s'enfoncer doucement dans la fracture faite pour le bonheur de l'homme.

Bien des années plus tard, quand l'intimité s'étalera à pleines pages dans les journaux, Katharina comprendra que son mari, qui toujours utilisait le terme de « rapports conjugaux » et exigeait l'obscurité totale, elle comprendra à ce moment seulement que ces visites-là n'avaient rien à voir avec la médecine.

Il se rinçait l'œil...

Cela, elle le saisira tout d'un coup, penchée sur un aspirateur en bout de course.

Pourquoi y a-t-il dans la vie des instants où la vérité apparaît dans un flash ; pourquoi doit-elle ensuite s'installer en travers de la gorge comme une grosse épine ?

Edouard est mobilisé. Grâce à son titre de médecin-chirurgien, il se retrouve lieutenant bien que les affaires militaires lui soient étrangères – ne répond-il pas « oui Monsieur » à son capitaine éberlué ?

Pendant qu'il dirige l'équipe médicale d'une troupe en attente de guerre (il soigne plus de comas éthyliques que de blessures d'obus), Ulrike et Emmy gomment leurs différends et s'engagent dans une bataille serrée sur les fronts sud-est, sud et sud-ouest de la maison : elles font bêcher le sol entre les arbres du verger par un pauvre diable que le docteur soigne gratuitement ; elles s'ingénient à confectionner toutes sortes de nourritures à partir des produits du jardin, dont la transformation réactive les conflits entre les deux femmes : Emmy en a assez de ces pommes de terre qu'elle retrouve même dans les poudings, le strudel aux pommes à répétition lui fait des aigreurs et elle ne veut plus voir cette choucroute bricolée par Ulrike traîner à chaque repas, sous prétexte que c'est une garniture... Heureusement que de temps en temps, un paysan vient leur apporter un quartier de lard, un train de côtelettes, du pain blanc ou du beurre frais. Ces luxes atténuent les disputes, laissent filtrer quelques sourires.

Parfois, Katharina, à la silhouette déjà bien arrondie, s'impatiente : cette guerre ne peut-elle se terminer, qu'elle puisse enfin avoir sa voiture à elle ? Ulrike se fâche : sa fille a autant de jugeotte qu'un papillon ! Pense-t-elle à Christof, au corps de Christof perdu dans la guerre ?

Mais il va bien, Christof, il envoie même des lettres optimistes, il est si fier de servir son pays, alors...

Ah, parlons des lettres de Christof, une belle supercherie ces lettres ! On voit qu'elles ont été ouvertes et lues par la censure et il le sait parce que, quand il écrit qu'il pleut des cordes et qu'il mangerait volontiers du chocolat suisse, ne crois-tu pas Katharina, ne devines-tu pas qu'il fait passer un autre message ? Les sonnailles rassurantes des vaches masquent le bruit des canons et les mamelons du Jura dissimulent le carnage, tout cela existe pourtant même si les Suisses n'ont pas l'air d'y croire. L'obscurcissement des maisons et les bruits assourdis des avions qui passent au-dessus de vos têtes sans s'arrêter vous empêchent de prendre de la hauteur, je sais de quoi je parle, j'ai déjà traversé une guerre.

Boris naît et les grands-mères, qui se haïssent, se penchent ensemble, attendries, sur le berceau. Pour léguer à la descendance les images de ces années d'harmonie, Edouard acquiert des appareils sophistiqués pour la photo et le film amateur. Le jour du baptême, alors que le printemps glisse vers l'été, il fixe la famille sur la pellicule : Katharina, vêtue d'une robe marine à manches ballons avec un plastron blanc à petits plis pour faire briller la couleur, Christine en robe de coton, décorée de festons crochetés par Emmy, Jean et Martin en chemise blanche. Madame mère a renouvelé les plumes claires de son chapeau foncé et Ulrike a fait dompter par une coiffeuse sa chevelure abondante et crépue.

A part les photos de groupe, Edouard tient à ce que la mère, le père et le fils posent séparément : cette trinité a dépassé la mort de Jeanne, elle incarne le renouveau, même si ce bonheur-là ne peut éviter la rumeur turbulente du monde. Les Allemands sont en France et Hitler a signé un traité avec Staline : qui se ressemble s'assemble, marmonne Ulrike, et mon Christof dans tout cela, qu'est-ce qu'ils vont en faire ?

Quand Boris aura vingt ans et que sa mère lui racontera enfin sa naissance, il se demandera si elle dit vrai : a-t-elle été réellement cette jeune femme naïve qui regardait avec anxiété le médecin-accoucheur et Edouard marcher et discuter le long du couloir près de la salle où elle allait être délivrée de l'enfant qu'elle portait, elle, Katharina qui aurait bien voulu savoir, en cet instant précis, si toute la vie ne serait qu'une succession d'interrogations muettes et son regard inquiet s'était posé, une fois de plus, sur la paire de ciseaux qui battait le flanc du médecin. A-t-elle été, pensera Boris, cette femme jaugeant une ouverture éventuelle de son ventre – mais dans ce cas pourquoi cette absence d'anesthésie? – et recevant in extremis la révélation, lorsque le confrère dira: maintenant vous allez nous aider, que l'enfant sortirait par l'entrée mais dans un volume différent? Ensuite, chaque fois qu'elle avouera sa surprise et son ignorance – impliquant avant tout l'époque – elle éclatera d'un rire de petite fille, se mettant ainsi au bénéfice du doute: riait-elle de sa naïveté ou pour se donner une contenance parce qu'une femme de médecin aurait tout de même dû connaître la physiologie d'une des voies vitales du corps?

Katharina, pleine d'amour et de tendresse pour Boris, se sent transformée. Elle voudrait lui chanter des berceuses allemandes, lui dire des petits mots doux dans la langue que lui parlait sa mère quand elle était bébé elle-même. Mais il y a la guerre, la peur de l'étranger, Ulrike reçoit régulièrement la visite de la police qui de mois en mois vérifie la validité du sceau apposé sur ses papiers d'identité. Edouard a formellement interdit l'usage de l'allemand tant que dureraient les hostilités: entre les patients et la vieille Emilie, les murs ont des oreilles, on est à la campagne ici, tout se sait, tout se redit, les gens sont atteints d'espionnite, il ne veut pas d'ennui avec le contrôleur fédéral. Alors Katharina chante les berceuses la bouche fermée. Elle demande aussi à Emmy de lui en apprendre quelques-unes en français, ce qui compte, dit-elle, c'est la transmission du sentiment, les mots viennent par-dessus.

Elle se rapproche d'Edouard: il est l'homme de sa vie, elle l'a épousé par choix, elle se sent bien dans cette réalité-là et lorsqu'elle se retrouve avec lui et Boris, elle pense sincèrement que ces moments hors du temps ressemblent à une ligne de lumière courant sur une rivière. Tout ce qui perturbe ce bonheur vient des autres, des mères, des trois enfants. Depuis la naissance de Boris, les sœurs, celles de Jeanne et celles d'Edouard, chaque dimanche alternativement, viennent s'extasier devant le bébé tout en surveillant du coin de l'œil que les enfants de Jeanne ne soient pas poussés dans un coin.

Les sœurs et les belles-sœurs trouvent que l'on mène grand train dans la maison: Edouard s'exhibe avec une voiture américaine, est-ce qu'il a besoin d'une machine avec laquelle il peine à tourner dans les chemins de campagne? Avec ça, il n'a même pas le droit d'y promener sa famille! Et voilà qu'il se met à faire du cinéma en couleur, qu'il envoie à développer ses films jusqu'en Amérique, mais Edouard, les cinéastes professionnels tournent en noir et blanc ou, en ces temps difficiles, ne tournent pas du tout, et toi tu filmes ta femme en train de battre un tapis sur la neige et tu immortalises en couleur un repas de famille même si la soupe à la grimace vous tient lieu de plat principal et puis as-tu regardé l'allure de Martin et de Jean qui portent tes vieux pantalons raffistolés? Heureusement que nous sommes là pour leur offrir quelques vêtements aux anniversaires et à Noël...

Edouard exaspéré se lève, lance sa serviette en travers de la table et sort en claquant la porte, sans dire un mot. Ensuite, il s'installe dans son cabinet: que ce soit dimanche, il s'en fiche, il a suffisamment de travail pour s'occuper autrement qu'en se laissant assaillir de paroles aigrelettes prononcées par des demoiselles en mal de drame. Pour économiser de l'argent, il refuse d'engager une assistante et fait lui-même le travail de laboratoire et de secrétariat.

Ulrike a le triomphe discret lorsqu'Emmy meurt d'une crise cardiaque en été 42. Elle fait tout simplement savoir à Edouard qu'elle avait prévu qu'il en serait ainsi, il suffisait d'observer le visage d'Emmy pour y détecter les signes annonciateurs de cette catastrophe. Et puis elle travaillait beaucoup trop, la pauvre, il faudra engager une gouvernante désormais, Ulrike n'a pas envie de se tuer à la tâche, surtout que Martin avec ses neuf ans est un futur rebelle, ça se pressent, il devient insolent, Jean a beau n'avoir que sept ans, il s'y entend comme personne pour trouer, déchirer. Martin ne fait pas mieux, Seigneur ! Elle aurait préféré dire *ach Gott*, c'est beaucoup plus efficace, mais, avec ces interdictions consécutives à la peur du loup qui épargne le pays pourtant, elle est obligée de se rabattre sur ce mot de *Seigneur*, beaucoup trop doux et sans commune mesure avec les béances qui apparaissent sur les pantalons, les pulls et les vestes des garçons – elle ne mentionnera ni les sous-vêtements, ni les chaussettes, pour s'éviter une de ces crises de nerfs qui font sauter le cœur, je n'ai pas envie de finir comme cette pauvre Emmy, moi...

La mort d'Emmy angoisse Edouard: et s'il partait, à soixante-quatre ans, comme sa mère ? Il en aura bientôt quarante et toutes ces années ont filé si vite. Ce départ l'éprouve. Les propos d'Ulrike le persuadent qu'il n'a pas été à la hauteur. Vivante, sa mère le protégeait de la Camarde. Et maintenant ?

Les patients, les problèmes à résoudre au jour le jour absorbent ses états d'âme même si le doute, l'angoisse, l'approche de la vieillesse restent dans le coin, prêts à bondir, il le sent, comme il sent la pression de la marche du temps.

Pourtant, la vie reprend son cours : non, on n'engagera pas de gouvernante, elles coûtent cher, écoutent aux portes et finissent par se prendre pour le gouvernement... une bonne conviendra parfaitement, Emilie est fatiguée, pas question de la mettre à la porte, de quoi vivrait-elle ou plutôt de quoi mourrait-elle sinon de faim ? Il n'y a qu'à la charger de tâches moins pénibles et lui donner la responsabilité de surveiller le travail de la nouvelle bonne, elle sera tellement fière de cette promotion qu'elle fera cela mieux que personne. Quant à lui, il aurait besoin d'aide pour répondre au téléphone, ses patients sont toujours plus nombreux, ses diagnostics lui valent une réputation qui dépasse de loin le rayon local alors Katharina pourrait peut-être s'occuper du téléphone, de la porte, de la transmission des messages : c'est un travail agréable qu'elle peut faire en élevant Boris et en surveillant ce qui bout dans les marmites, une patronne doit veiller à ce que les bonnes ne gaspillent rien. Ulrike aura, elle, assez à faire avec les trois enfants, même s'ils commencent à être raisonnables, Christine a cinq ans, et si les garçons rechignent à leurs devoirs – ce qui ne l'étonnerait nullement – qu'on le lui dise : il les enverra chez Madame Bovard, la femme de l'instituteur, et puis si Martin et Jean font des crises de caractère, il sévira, il le promet.

Katharina est stupéfaite : elle ignorait les talents d'organisteur de son mari. D'où sort-il ce long discours ?

Depuis quand se mêle-t-il de ce qu'il a toujours considéré comme « des histoires de femmes » ? Elle profite de cet intérêt inattendu pour les choses domestiques et, sur l'oreiller, lui glisse que c'est elle et non Ulrike qui donnera les ordres au personnel. Elle a vingt-quatre ans après tout.

Les sœurs d'Edouard partagent à Lausanne le même appartement. Secrétaires toutes les deux, elles souffrent de leur condition. Leur frère a eu droit aux études ; elles, à une formation leur permettant de gagner leur vie avant le mariage et de s'en tirer en cas de veuvage. Dans les années 20, ce métier représentait une promotion par rapport à leur mère. Vingt ans plus tard, avec la grande mobilisation des hommes, beaucoup de jeunes femmes se lancent dans des professions à carrière. Marlène, à l'approche de la quarantaine, supporte mal le célibat, la vie de bureau l'ennuie. Charlotte, depuis la mort de sa mère, a décidé de vaincre sa timidité par l'insolence ; elle se brouille et brouille sa sœur avec tout le monde. Ces liens désagrégés entraînent Marlène dans la dépression. Les deux sœurs n'ayant pas d'assurance maladie – puisqu'elles ont un frère médecin, elles ne voient pas pourquoi elles auraient recours à ce genre de couverture réservée aux ouvriers avant tout – Marlène, qui a besoin de repos, ira se faire soigner chez son frère, il y a assez de place, elle n'aura qu'à dormir dans la chambre de leur mère et surtout qu'elle veille à ne pas se laisser écraser par la Prussienne, recommande Charlotte qui décroche le téléphone pour donner à Katharina l'ordre d'accueillir Marlène, de la protéger, c'est une pauvre fille tu sais, et fais-lui prendre quelques kilos, elle fond à vue d'œil, elle qui n'est pas grasse de nature.

Katharina n'a pas d'autre choix que d'accepter Marlène. Si elle refusait, on (qui ça on? Elle n'ose pas, surtout pas à elle-même, répondre à cette question simple pourtant), on lui reprocherait quoi?

La présence d'Ulrike?

N'y a-t-il pas derrière cela quelque chose d'inavouable que son jeune âge et sa naïveté ne peuvent saisir? Inutile de protester auprès d'Edouard: ces histoires de femmes ne sont pas de son ressort.

La bonne entente dure quelques jours, puis il faudra feindre.

Marlène, qui a surtout besoin de repos, s'attarde dans le sommeil. Cette thérapie, recommandée par Edouard, convient à Marlène mais dérange Ulrike qui, à son âge, continue à se lever une heure avant tout le monde pour démontrer que c'est elle qui travaille le plus dans la maison: elle tire sa flemme cette profiteuse, dit-elle à Katharina, si tu en faisais autant tu en entendrais.

Cette petite phrase germe en elle, se développe, se répand dans toutes les terminaisons nerveuses, sanguines et lymphatiques de son corps: elle aussi est fatiguée, elle aussi a besoin de repos, qu'est-ce que cette fatigue nerveuse qui ne connaît ni les pleurs nocturnes des enfants ni les exigences du mari? Pourquoi tous ces égards? Edouard, pour qui le but curatif du sommeil est évident, n'a pas de temps à perdre en explications. Il fuit, il a toujours été fuyant, aurait dit Emmy.

Katharina, écrasée par le sentiment de l'injustice, ravale sa langue. Un jour, elle finira par l'expulser violemment si ça continue...

Marlène profite de l'été pour se promener et chaque après-midi, en compagnie de Christine qu'elle affectionne par-dessus tout, elle traverse, sa main dans celle de la fillette, les champs qu'on moissonne, s'enfonce dans les bois pour cueillir des petits fruits et quand elle en ressort, elle est éblouie par la lumière de la fin de la journée. Et tandis que le soleil est sur le point de disparaître derrière l'épaule du Jura, une fine brume s'attarde sur l'orée des forêts. Elle voit aussi les jaillissements lumineux que libèrent les chaumes, germes de soleil sur la terre et retenus par elle. Imprégnée de cette lumière, rassurée par ce temps hors du temps, elle sursaute quand Christine dit: «Maintenant, c'est grand-maman Ulrike qui s'occupe de nous». Marlène, à qui on a servi, depuis toujours, qu'«entre l'arbre et l'écorce il ne faut pas y mettre le doigt» n'ose pas poser cette question qui démange le bout de sa langue pourtant: est-elle au moins gentille avec vous? Elle n'ose pas interroger les garçons tout en maudissant cette timidité-lâcheté qui l'entrave mais elle dresse une liste de constats: Ulrike, habile couturière pourtant, les nippe plus qu'elle ne les habille: les pantalons sont trop larges, trop serrés à l'entre-jambes, les pulls trop étroits, les manches trop courtes, le beau modèle norvégien qu'elle-même a tricoté pour l'anniversaire de Jean est feutré. Les enfants du médecin sont plus mal vêtus que ceux des paysans. Marlène remarque aussi qu'Ulrike les oblige à manger avant leur père, prétextant qu'un homme qui a entendu des plaintes toute la journée a droit au repos. Elle fait apprêter des mets qu'ils n'aiment pas ou trop: Jean qui déteste les courgettes en reçoit une ration supplémentaire, Martin une tomate farcie de plus que les autres; Christine vomit chaque fois qu'elle mange du pain perdu, ce qui lui vaut une platée quotidienne. Marlène s'étonne: pourquoi lui servir ce qu'elle ne supporte pas? Le sourire d'Ulrike au moment de la réponse la fait frissonner: il faut lui apprendre à ne pas se gaver jusqu'à l'indigestion. Elle adore le pain perdu, alors quand elle en aura assez de vomir, elle saura se raisonner, c'est ça l'éducation des enfants.

Un jour de pluie drue, Marlène, installée dans le galetas avec les enfants, leur raconte des histoires, puis leur parlant de leur mère, elle dit: je vais aller chercher des photos. Et découvre l'évacuation de l'image de Jeanne par la volonté d'Edouard. Scandalisée, elle interpelle son frère: comment a-t-il pu, une deuxième fois, enlever une mère à ses enfants? Edouard prétexte un surcroît de travail urgent et s'enferme dans son cabinet. Marlène soupire: fuyant, il a toujours été fuyant.

Alors Marlène abrège son séjour, rentre chez elle et dit: je ne sais pas si je suis guérie mais il se passe de telles horreurs dans cette maison que je préfère me déclarer rétablie pour en ressortir. Les enfants de Jeanne sont à plaindre. Hélas, les bras d'une mère ne protègent plus ces enfants contre la misère du monde

Que peuvent-elles, Marlène et Charlotte, pour ces gosses? Rien, sinon les inviter de temps en temps le dimanche, ils sont assez grands pour prendre le train tout seuls maintenant. «Pour autant, bien sûr, que leur père soit d'accord de leur acheter un billet», ajoute Marlène.

Ulrike, qui rêve d'étendre à toute la maisonnée le pouvoir qu'elle exerce sur les enfants de Jeanne, supporte mal qu'Emilie et Marie, la nouvelle bonne, reçoivent leurs ordres de Katharina. Marie, grande fille athlétique, brune aux traits fins, abat un travail considérable, chacun le reconnaît tout en lui reprochant son odeur: pour se laver, interdiction d'utiliser la salle de bains, lieu réservé à la famille, qu'elle aille donc se nettoyer avec le jet d'eau froide à la chambre à lessive, sinon qu'elle se débrouille, il y a un lavabo dans sa chambre après tout, même s'il n'est pas grand, on trouve toujours le moyen d'être propre quand on le veut. Au passage de Marie, traîne un relent d'aisselles: ça, c'est le parfum de la bonne, dit Ulrike qui prétend qu'elle passe plus de temps à boire de l'ersatz de café avec Emilie qu'à nettoyer les sols, les boiseries et battre les tapis. Pour la première fois de sa vie, Katharina s'insurge: jamais la maison n'a été mieux tenue, cette femme est une vraie machine à travailler, une perle, et quelle cuisinière! Ulrike s'incline, elle sait trouver en elle la force d'attendre.

Dans la progression des jours, entre les vêtements des enfants qu'elle doit tailler, coudre, raccommoder et la pâte qu'elle pétrit – spécialité qu'elle s'est réservée – le temps s'écoule comme s'il n'y avait aucune guerre nulle part. Ulrike est inquiète pourtant: les dernières nouvelles de Christof proviennent de Russie, il disait avoir gelé en grimpant sur un poteau télégraphique: qu'est-ce qu'il allait faire là-haut, bon sang? Et pourquoi est-il invisible lors de ses permissions? Quand on fait la guerre, la vraie, depuis si longtemps, on a droit à des permissions qui durent un mois ou deux, donc même si on se trouve au fin fond de la Russie – jamais elle ne s'habituera à dire URSS, abréviation barbare et qui ne désigne aucun pays – on a le temps de revoir sa *gemütliche Heimat* – quel mot français pourrait reconstituer la douceur confortable de cette expression? Donc on accourt embrasser sa famille. Son père ne l'a pas revu non plus. Que Christof ne puisse venir trouver sa mère en Suisse, elle comprend, la guerre entrave les frontières, mais qu'il ne rende visite ni à son père ni à Tante Gudrun qu'il adore et que ses lettres soient d'une banalité à pleurer, voilà qui la surprend. Elle déteste ce pressentiment que son fils n'attend aucun réconfort de personne, le pire des signes. Christof s'est laissé envoûter par l'Idiot, elle ne se fait plus d'illusions, mais jusqu'où est-il allé? Elle a peur, lit attentivement les journaux, suit mot à mot, jour après jour, tout ce qui se dit sur l'Allemagne, il y a des entrefilets qui lui font honte – s'ils disent vrai bien sûr. Est-ce pour cela qu'elle se met à raconter aux garçons que leur père pourrait bien avoir tué leur mère pour épouser sa fille, tellement plus belle, tellement plus jeune? C'est un secret qu'elle leur confie et s'ils vont le répéter plus loin, elle leur servira des courgettes et des tomates farcies à longueur de journée sans compter les lavements et les privations de gâteaux. Et quand Boris tombe gravement malade, elle prétend que c'est un sort jeté par Jeanne la morte pour punir Katharina d'avoir pris sa place.

Martin a dix ans et Jean huit. Ces révélations brutales, le secret qu'ils doivent garder, les menaces de représailles qui pèsent sur eux, tout cela les embrouille et les trouble. Ils n'ont personne à qui se confier, leur père est inabordable... si lointain aussi, un mur de granit, imperméable aux interrogations ou aux chagrins. Si Ulrike lui signale la moindre bêtise, il les gifle sans explication. Quand il les rencontre dans la maison, il serre les dents et file dans son cabinet. Aucun sourire sur son visage: cette contraction musculaire n'est-elle réservée qu'aux photos... Martin ne comprend pas pourquoi on lui dit au village qu'il a bien de la chance d'avoir un papa aussi formidable, que derrière le médecin il y a un homme plein d'attention pour ses patients, un homme qui sait trouver la parole qui réconforte, le mot qui détend. Ne vaudrait-il pas mieux être un enfant de paysan ? Les garçons ne peuvent même pas se plaindre d'Ulrike auprès de Marlène: chaque fois qu'ils la rencontrent, elle est flanquée de l'ineffaçable Charlotte qui se fait une gloire de crisper l'atmosphère en lâchant des propos aigres: Martin est un cochon, incapable de manger sans faire de miettes et il pourrait se laver les pieds au moins, Jean n'a même pas appris à fermer la bouche pour mastiquer, quel bruit, quel spectacle et regarde tes ongles, ils sont tout noirs, vous économisez l'eau à la maison? Sans blague, est-ce que vous êtes les fils du médecin ou du plus rustaud des villageois ?

Les deux garçons ruminent des projets de vengeance et de fuite que leur âge rend chimériques. Pour l'instant, ils préfèrent se concentrer sur la guérison du petit frère : s'il s'en tire, cela signifiera que la *folle-la-vache* – comme ils surnomment Ulrike – leur aura dit une folli-vacherie de plus.

Lorsque Boris tombe malade, Edouard attend trois jours avant de traverser le couloir qui sépare sa chambre de celle de son fils. Boris, à trois ans, est un enfant tout en fragilité, sans appétit malgré les plats spéciaux que lui mijote sa mère. Ce traitement de faveur n'empêche pas les aînés d'aimer ce petit frère blond, souriant, confiant, et quand Edouard diagnostique une broncho-pneumonie, le mot résonne comme une déflagration. Cet enfant, prédit Ulrike, n'a aucune réserve : où irait-il chercher la résistance dont il a besoin ? C'est vraiment l'histoire du cordonnier mal chaussé, si Edouard n'avait pas négligé son fils, il ne risquerait pas de le perdre maintenant. Katharina en veut à Edouard de ne pas s'être inquiété de la forte fièvre de Boris malgré les descriptions alarmantes qu'elle lui en faisait, comme si son jeune âge la poussait tout naturellement à l'exagération.

Après trois semaines d'angoisse arrive la certitude que Boris sortira de sa maladie. Edouard propose à Katharina de l'emmener quelque temps en convalescence à la montagne. L'air pur l'aidera à reprendre du poids, le soleil du printemps mettra un peu de couleur sur ses joues pâlichonnes, il est si amaigri qu'il ressemble à un de ces enfants réfugiés perdus dans la tourmente guerrière et qui viennent en Suisse, une étiquette autour du cou, se refaire une santé. Edouard ira la trouver le dimanche avec les enfants. Il assiéra l'aîné à côté de lui et dissimulera les deux autres au fond de la voiture.

Sa fille éclipsée, Ulrike en profite pour reprendre la maison en mains. Le printemps, c'est la saison des grands nettoyages, elle fait laver, frotter, cirer, astiquer, allons allons brillons brillons, on ne brique pas une demeure de quatorze pièces à la campagne comme un appartement en ville.

C'est pendant l'absence de Katharina que les garçons imaginent un piège pour Ulrike. Au pied d'un cerisier, ils creusent un trou assez large et peu profond – cinquante centimètres au plus, tout en imaginant qu'il a plusieurs mètres et pourquoi n'atteindrait-il pas le centre de la terre pour que leur ennemie s'y engloutisse ? Ils le dissimulent par des branches et des feuilles, pourvu qu'elle y mette le pied et se casse la gueule, *la folle-la-vache.*

Pour l'attirer près du piège, ils attachent Christine au cerisier, lui faisant croire à un jeu, et disparaissent. La fillette attend patiemment que les bons viennent la délivrer des méchants, c'est toujours comme ça dans les histoires. Elle ne s'ennuie pas au début et compte les pétales, tiens on dirait des dragées parfumées, tire la langue, essaye d'en attraper une, imagine des dessins, les branches fleuries dansent sur le bleu du ciel. Toutes ces couleurs tournent au-dessus de sa tête, la fascinent et l'amusent. Et puis ces reflets du monde finissent par la lasser quand elle réalise qu'elle ne peut même pas tendre les bras vers ces couleurs et que les pétales ne sont pas de vraies dragées. Elle ne joue plus, boucle, elle veut être délivrée. Elle appelle puis se met à crier, hurler. Ulrike, qui devine un excellent prétexte à punitions multiples, accourt et déséquilibrée par le «piège» se foule la cheville.

Sa voix en vociférations: qui a creusé ce trou ici? Sa rage s'abat sur le jardinier: comment cet homme, soigné gratuitement pourtant, comment a-t-il pu mettre en danger la santé de n'importe quel membre de la famille d'un docteur si généreux? Germain, un peu simple d'esprit, bafouille que ma foi dans un jardin il y a toujours des trous, on donne des coups de bêche, les taupes creusent sous la terre, les choses sont comme ça, tout le monde fait des trous. Edouard s'oppose à son renvoi: même s'il n'est pas très malin, Germain connaît son métier. «J'aurais pu me casser le col du fémur», glapit Ulrike.

«Dans un jardin, il faut regarder où on pose ses pieds», répond sèchement Edouard.

Le ressentiment, fortifié par la douleur, se reporte sur les garçons qui ont attaché Christine à l'arbre: ces sales gamins auraient pu remarquer le trou, n'auraient pas dû abandonner Christine, seront punis de toute façon, c'est leur faute, pendant une semaine ils seront privés de dessert. Cette vengeance modeste surprend les garçons: comment imagineraient-ils qu'Ulrike, handicapée par sa foulure et frustrée de ne pouvoir les corriger dans leur chair, s'emplit d'une rage qui leur retombera dessus?

Il suffit d'attendre.

Lorsque, quelques jours plus tard, elle découvre dans un coin du canapé, sous un coussin, une pomme flétrie, elle convoque les enfants: qui a fait cela? Sa voix file vers le haut, pointue comme une épingle: je veux savoir qui a mis cette pomme là? Christine, l'index droit dans sa bouche, se balance sur ses jambes ce qui fait bouger les volants de sa robe et irrite Ulrike. Jean et Martin se retiennent pour ne pas éclater de rire, elle est tellement godiche *la folle-la-vache* avec son bandage autour de la cheville et quand elle claudique sur ses cannes ça fait glouc glouc, on l'entend au moins, on sait où elle est notre ennemie. «Non, disent-il, personne n'a rien fait, rien vu». Forfaiture, hurle Ulrike, forfaiture, il faut qu'Edouard vienne, qu'il constate à quel point ses enfants sont vicieux.

Le père convoqué, irrité d'avoir dû interrompre son travail médical – il a encore des patients dans sa salle d'attente et il devrait les négliger pour une histoire de pomme – décide d'administrer une râclée à chacun, il n'a pas le temps de chercher le coupable. Lorsqu'il veut frapper Christine, Martin dit: «Arrête papa, c'est moi, je l'ai mise là parce qu'elle est véreuse et parce que grand-maman Ulrike nous force à manger les pommes véreuses.»

Edouard se tourne vers sa belle-mère: et s'il la giflait à son tour? Elle sent qu'il pense cela. Pourquoi n'ose-t-il pas? A cause du «contrat»? Par lâcheté? Parce qu'elle s'occupe des enfants malgré les pommes véreuses? Il ne le sait pas lui-même.

Il n'ose pas. Tout simplement.

D'une voix coupante: j'interdis qu'on donne des fruits véreux aux enfants, c'est une question de santé. Et il part en claquant la porte du salon. Les garçons échangent un signe de complicité qui n'échappe pas à Ulrike. Avec eux, elle va devoir se surveiller *la folle-la-vache*. Ils ne peuvent à cet instant deviner que, humiliée par l'attitude d'Edouard, elle assouvira son besoin de revanche sur Marie, que cela se passera un dimanche pendant qu'ils seront à la montagne auprès de Katharina et Boris – une belle journée pour ces enfants découvrant la montagne en dehors des courses d'école, sans compter la joie de revoir le petit frère, comme il a bonne mine, il a même pris un peu de poids. La journée est belle, la lumière somptueuse, les teintes du printemps tendres: pour prolonger la perfection de l'instant (ces moments-là sont si rares, presque inexistants, dit Edouard), ils rentreront plus tard que prévu...

Qui aurait pu imaginer que Marie, dans le même temps, utiliserait le chemisier en soie beige de Katharina pour séduire son amoureux? Et Marie aurait-elle pu deviner qu'une brève averse inattendue – il n'y avait pourtant que du soleil quand elle s'est habillée – mouillerait la veste rouge, la sienne, un vêtement bon marché bien sûr, et déteindrait sur le chemisier irréversiblement maculé? Elle aura beau le tremper dans des flocons de savon, frotter, la couleur déposée ne partira pas. Pouvait-on attendre d'elle que, au lieu de le dissimuler dans sa chambre, elle laisse le vêtement à la buanderie pour qu'il y sèche en attendant un nouvel essai de lavage? Et pourquoi Ulrike, qui jamais le dimanche ne passait en ces lieux, y a-t-elle, précisément, mis les pieds? Et elle, reconnaissant le chemisier de sa fille, cuisinera Marie, la chassera séance tenante en lui promettant de déposer plainte, c'est bien cela vous avez compris, vous aurez un procès pour vol, vous irez en prison et vous ne retrouverez plus jamais d'emploi.

Edouard et les enfants tomberont sur une Ulrike déchaînée, vociférant contre le laisser-aller de la maison: les négligences s'accumulent, l'autre jour c'était le trou près du cerisier, aujourd'hui la bonne vole le chemisier le plus précieux de Katharina, Edouard vous devez déposer plainte, il faut faire un exemple.

Cette petite chronique domestique l'ennuie, il n'a pas le temps de courir chez le gendarme, il n'y a qu'à attendre le retour de Katharina, c'est elle la lésée, après tout.

Lorsque Katharina rentrera quelques jours plus tard, elle dira : quelle histoire, mais quelle histoire maman, ce chemisier je ne l'aimais plus du tout et je ne veux pas qu'on dépose plainte contre Marie, une fille aussi travailleuse, il n'y en a pas à chaque coin de rue, et tu voudrais que j'aille dire à la police qu'elle m'a emprunté un chemisier qui ne me plaisait plus ! Mais si elle me l'avait demandé, je le lui aurais donné et j'aurais été heureuse qu'elle m'en débarrasse.

– De toute façon, elle est chassée, ce sont les petites négligences qui amènent les grandes catastrophes. Si le peuple allemand était resté fidèle à la discipline de Bismark, nous n'en serions pas là, hurle Ulrike.

Katharina se demande pourquoi sa mère hurle à ce point alors qu'il lui suffirait de dire les choses simplement. Et quel rapport y a-t-il entre son chemisier et Bismark ? Peut-être s'agit-il aussi d'une de ces phrases pleines de mystère comme celle prononcée l'autre jour par un chef de gare : tous les trains ont toujours une correspondance... avec ça, on fait le tour du monde ou on évite des guerres...

La chaleur insupportable en ces instants de soleil culminant oblige Katharina à passer du balcon au salon. Elle serait bien sous la tonnelle mais pour l'instant elle n'a plus envie de sortir de la maison. Alors elle s'enfonce dans la pénombre retenue par les persiennes et les fenêtres. Une nouvelle bière dans la main, elle enclenche le ventilateur puis s'installe dans son fauteuil.

Effet combiné du deuil, des anxiolytiques et de la bière ? Les faits sont là : le temps est à plat devant elle, elle peut caresser le visage du petit Boris. Elle sent l'odeur de ses cheveux réchauffés par le soleil de la montagne, une odeur de brioche chaude. Séjour étrange que celui de la convalescence de Boris, et puis la découverte que cet enfant suffisait à son bonheur, que la gondebrœkerie lui pesait chaque jour davantage, qu'elle n'aurait jamais dû laisser le dragon Ulrike s'introduire dans son mariage...

Face au temps, tout s'éloigne, se met en ligne, glisse, impossible de définir exactement cette sensation. Une chose lui semble certaine : l'existence de son mari s'était confondue avec le recul de la mort dans les campagnes, maintenant Boris est mort avant elle, avant ses aînés, avant ses contemporains et ce malheur est tombé sur elle comme une défaite ou une ironie de la destinée...

Sur la ligne du temps, le petit Boris si fragile, si doux, est là, à portée de main, elle touche ses cheveux blonds, souffle un baiser du bout de ses doigts.

Face au temps aussi elle regrette son insouciance de jeune fille passive, poussée à accepter une tâche trop lourde pour elle. En cette période qui a été celle de sa jeunesse, elle n'aurait jamais pu se définir comme une personne s'extasiant devant les couchers de soleil visibles des pièces principales de la maison (il y avait pourtant ces instants où le ciel devenait sang de bœuf, d'autres où le brouillard gobait la lumière). Elle boycottait ce qui appartenait à l'éternité, sachant que son temps à elle s'écoulait en inspections de selles d'enfants et que c'était là sa vie. L'extase n'était pas pour elle ou plutôt si: devant un caca bien moulé, expulsé régulièrement, sereinement, signe de santé parfaite. Et quand tardait l'excrétion de la matière, Ulrike interrompait la séance de pot, épluchait une carotte qu'elle enfilait dans l'anus de l'enfant. Tous eurent droit à ce traitement.

Ces années ont passé si vite que Katharina parvient difficilement à contenir les événements qui se sont bousculés après la convalescence de Boris.

Quand Emilie meurt, la maison tombe en panne. Edouard s'en désintéresse: puisque la reine mère a voulu se distinguer en renvoyant une personne aussi efficace et travailleuse que Marie, et tant pis pour son odeur gênante, qu'elle fasse le travail elle-même. En attendant, il exige que ses blouses soient immaculées, les pièces de son cabinet propres, le laboratoire impeccablement tenu.

Katharina éprouve le poids d'Ulrike. Hors du lieu de sa mère, elle vivait différemment. Son retour lui révèle que là où elle se trouve on ne peut qu'étouffer. Et les enfants bon sang? Pour la première fois, elle pense à la détresse qui pourrait être la leur puis se dit qu'ils n'ont pas l'air si pitoyables que cela avec cette grand-mère importée, jusqu'à présent ils ne s'en sont pas plaints mais il faudra être vigilante désormais...

Maintenant, maintenant seulement, elle sait: elle a eu tort d'abandonner les enfants à sa mère. «J'étais trop jeune, je ne pouvais pas les élever», plaide-t-elle. Pour qui? Il lui semble percevoir la présence de Boris dans la pièce, voilà pourquoi elle... et face au temps, il reste des zones d'ombre, elles forment même un vrai continent noir: devenus adultes, les garçons ne lui ont jamais communiqué leurs frustrations. Ils se sont contentés de l'éviter, de la haïr, de lui reprocher de les avoir livrés à la Prussienne. Cette haine, elle la sent stagner autour d'elle, muette et invisible comme la présence de Boris en ce moment... et ce sentiment l'empêche de trouver un peu de sérénité.

Châtiment?

Katharina devine des plages troubles et pourtant aucun ne lui avouera de quelle manière elle est entrée dans leurs chaos adolescents. Quand Martin connaît ses premiers émois, elle n'a que vingt-sept ans, elle en paraît dix-sept, sa peau est lisse comme si le temps s'arrêtait aux frontières de son corps. Devenu adulte, Jean dira à sa femme: « A cause de la vieille, on détestait ce qui nous tenait lieu de mère. Malgré ses airs de fillette fraîche et naïve, elle portait des décolletés avec deux boules de chair qui se tendaient dans le corsage quand elle se penchait, on aurait eu envie de les lui manger, elle sentait le *Vent vert* à huit heures du matin... alors souvent en pensant à elle, on l'avait au garde-à-vous... sans la redoutable chienne de Prusse, le père se serait fait jouer Phèdre en privé.»

A cette époque, Jean priait agenouillé devant la fenêtre de sa chambre. Entre ses dents, il murmurait: mon Dieu, est-ce que tu ne peux pas – toi qui peux tout – prendre ces deux sorcières et les envoyer au Diable pour qu'elles nous... pour qu'elles... enfin tu vois bien que j'étouffe, d'ailleurs à force que tu m'exauces pas je sais plus si je crois en toi...

La reddition de von Paulus à Stalingrad a précipité la maison Gondebrœk dans la confusion. Ulrike, tendue, sur la défensive: où est mon fils, ach Gott, c'est mon garçon quoi qu'il arrive, je n'ai jamais rien compris à leurs histoires de batailles, j'ai toujours dit que tout cela se terminerait en étripage général, c'est de Russie qu'il m'a écrit sa dernière lettre mon garçon, c'était il y a plusieurs mois d'accord mais avec cette manie qu'il a de se taire comment deviner où il se trouve dans ce pays immense?

Elle distrait son angoisse par des coquecigrues. Après la mort d'Emilie, et réjouie par le désintérêt d'Edouard pour les choses domestiques, elle presse sa fille d'engager une gouvernante: chaque année j'en ai une de plus, il faut toujours appuyer sur les évidences pour que l'entourage vous prenne au sérieux, toutes ces redites devraient faire effet depuis le temps.

En tout cas, ses soucis personnels ne lui permettent plus de s'occuper des enfants.

Pour aider la gouvernante à mener sa tâche à bien, il faut lui adjoindre une femme de ménage, on va bien trouver une personne du village qui viendra chaque jour, pourvu qu'Ulrike reste la directrice des pâtes: pâte à pain, brioche, tresse russe, Knödel, Dampfnudel... Elle est enfin parvenue à imposer ces spécialités à un Edouard qui hausse les épaules, défait par tous les combats qu'il a dû mener contre cette belle-mère abusive: que la maison appartienne aux femmes après tout et qu'on le laisse travailler à son cinéma en couleur. Grâce à un procédé spécial, il filme des insectes et tant que ces pâtes le nourrissent sans le rendre malade, il veut bien déguster ces «spécialités», même si parfois il a l'impression de s'enfiler des punitions.

La confusion, de la cave au grenier, traverse la maison. Ulrike brouille les ordres donnés à la femme de ménage par la gouvernante, interdit aux enfants de lui obéir, envoie Katharina se faire brunir la peau par le soleil et que Boris s'y expose, il est aussi blanc qu'un enfant albinos.

La gouvernante, entravée par les chausse-trappes quotidiennes d'Ulrike, finit par demander de ne s'occuper que du cabinet médical: réception des malades, des téléphones, elle est capable d'écrire des notes d'honoraires à la machine, cela soulagerait le Docteur, elle veillera aussi à la propreté du lieu, elle a trente-six ans, de l'expérience, elle a travaillé avec compétence dans des maisons bien plus grandes, dans des domaines bien plus compliqués alors pourquoi devrait-elle continuer à dire à la femme de ménage de nettoyer à fond les chambres mansardées quand Madame Ulrike cinq minutes plus tard l'envoie ranger la cave de toute urgence ? Quant aux enfants, avoue-t-elle à Edouard qui hausse les épaules, que puis-je pour eux? Chaque fois que je demande à Madame Catherine du tissu pour tailler des habits qui les rendraient enfin présentables, chaque fois on m'apporte des vieux vêtements, les vôtres, les siens, même ceux de Madame Ulrike, en me disant qu'avec un peu d'imagination et de talent je devrais en extraire des pantalons, des vestes et pourquoi pas des manteaux, mais ils grandissent les garçons et Christine aussi, ils aimeraient bien quelque chose de neuf de temps en temps.

Edouard accepte de garder Florence à son service : on ne renvoie pas une personne qui possède autant de références, que sa femme et sa belle-mère se débrouillent, elles ont quelqu'un pour les gros travaux après tout.

La confusion est à son comble le jour où Ulrike fait de la confiture au sel. Le matin même, elle a reçu un courrier de Christof : il est heureux, il mange du poulet en France.

Une perturbation de joie – celle d'apprendre que son fils vit comme un coq en pâte malgré la tourmente guerrière – a causé l'inversion des bocaux : Ulrike a empoigné celui du sel sans contrôler. Martin et Jean sont certains que c'est par exprès que *la folle-la-vache* s'est trompée de bocal. Tout de même, ose penser Katharina, elle aurait dû se rendre compte que cette confiture ne dégageait pas cette odeur qui excite les papilles et invite à la gourmandise... une grosse quantité de sel qui chauffe avec de la fraise, ça doit puer l'iode... malveillance ou perdrait-elle l'odorat ?

Face à son gendre excédé par les cerises salées, elle prétend que les garçons ont guetté l'instant où elle allait mélanger le sucre aux fruits pour y glisser le sel et elle, tout heureuse de savoir son fils sain et sauf, n'y a rien vu, normalement, elle aurait dû les renifler ces sales gamins, ces deux chenapans se sont arrangés pour subtiliser le sucre, ils ne l'avoueront jamais ils sont tellement vicieux, donc ils mangeront la confiture au sel, la maison ne jette rien et encore moins en temps de guerre, et puis, elle qui a voyagé, traversé les mers et les océans, elle qui est allée jusqu'au bout du monde sait qu'il y a des peuples qui aiment le salé-sucré, il faudra juste que ces affreux goinfres se rappellent qu'on doit tartiner plus modérément son pain. Christine, désolée que la punition une fois de plus tombe sur les garçons, s'offre à manger cette confiture avec eux.

Pourquoi Katharina a-t-elle laissé faire ? Pourquoi n'a-t-elle pas dit : puisque c'est une spécialité gastronomique, nous allons tous la partager ? Peur de sa mère ? Lâcheté ?

Ce questionnement s'engouffre dans les béances du temps sans trouver de réponse, la vie est faite de ces petites démissions quotidiennes qui s'accumulent et finissent en catastrophes...

Et puis, elles existent partout, ces lâchetés-là, dans chaque cellule familiale comme dans chaque groupe organisé. Du plus humble au plus puissant, elles finissent par devenir une deuxième peau. Une peau qui emballe les douleurs humaines. Sans elles, il n'y aurait ni guerre ni violence.

Depuis la défaite de Stalingrad, les villageois ne saluent plus Ulrike de la même manière. De simple étrangère, la belle-mère de Monsieur le Docteur est devenue « la Boche », bien qu'elle ait tonné contre cette bande de fous et de gueux manipulés par un idiot, et cela en 1938 déjà. Tant qu'on croyait les Allemands invincibles, personne ne faisait allusion à son passeport. Il a fallu ces images de soldats allemands désarmés et maintenant ce Débarquement pour qu'elle entende de drôles de rumeurs sur son passage.

Pour compenser cette perte d'estime, et peut-être parce qu'elle est à nouveau sans nouvelles de Christof, Ulrike se met à diffuser au village ses «soupçons»: la mort de la première Madame Gondebrœk n'est pas claire, quelle bizarrerie cette histoire de guêpe qui se serait glissée dans la chaussure mais on aurait pu l'y pousser pendant que la dame était endormie, d'ailleurs l'énorme différence entre la première et la deuxième épouse prouve que le docteur a drôlement gagné au change: une femme plus jeune, plus belle, plus vigoureuse, et dites-moi, est-ce qu'un médecin n'aurait pas pu savoir que sa femme avait une septicémie à l'état latent? Ulrike se plaît à alimenter la rumeur, elle va parfois jusqu'à insinuer que sa fille est tombée dans le piège tendu par le diabolique docteur Gondebrœk, elle si peu armée pour la vie, si peu préparée à une tâche monstrueuse. Les bruits répandus par Ulrike n'ont pas d'effet: les villageois se demandent bien quel crédit on peut accorder à cette Boche qui mange le pain d'un homme aussi brave et aussi utile à la société que le Docteur qui n'hésite pas à se relever la nuit pour venir les visiter...

En tous cas, le Débarquement n'arrange pas du tout Ulrike. Que les chefs de guerre soient défaits, elle n'y voit pas d'objection, elle a si souvent souhaité l'assassinat du Führer – et cette énième tentative d'attentat qui arrive après le Débarquement de Normandie est d'un ridicule à pleurer, le pire est fait – mais il y a Christof, depuis quand n'a-t-il plus donné signe de vie ? Il fait partie de ces SS dont on commence à redire des choses effroyables. Est-ce que Christof serait devenu un de ces... même si la guerre est la guerre ?

Alors c'est à Peter, son ex-mari, qu'elle écrit pour lui reprocher sa lâcheté : pourquoi a-t-il laissé son fils s'engager dans les jeunesses hitlériennes ? Que s'est-il passé dans sa tête pour qu'il ait pris les balivernes de l'Idiot pour de l'argent comptant ? Si Christof a perdu son âme dans cette guerre, c'est lui, Peter, le responsable, lui et son laissez-aller, lui, ses bouteilles de bière et son cognac, lui et son manque de courage.

La fin de la guerre plaît à Katharina : on en aura terminé avec ces dimanches de camouflage quand il fallait obliger Boris et Christine à s'aplatir sous le siège arrière de la Ford – les deux aînés, trop grands pour être dissimulés, n'ont jamais été conviés à ces réjouissances. Le but de la promenade, invariablement le même : les bords du Léman, « le pays bleu », le paysage préféré d'Edouard qui n'apprécie pas cette longue plaine de terre noire s'étalant au pied du Jura, ces montagnes sans hauteurs ni parois de roche nue, relais entre ciel et terre, soleils gris dans les jours clairs. Il n'a pas choisi le lieu, il s'est installé là où l'absence de médecin se faisait sentir. Pour la balade dominicale, il tient à ce que son titre académique lui apporte des avantages, juste compensation des dérangements nocturnes. Pourquoi aurait-il dû, pendant les économies de guerre, prendre le train et payer des places pour ses deux grands garçons qui tirent des mines ennuyées dès qu'ils se trouvent en présence de leur père et de sa femme ? Et la voiture lui permet d'aller là où il veut, cette liberté-là il y tient.

Avec la fin de la guerre, Katharina aura sa voiture.

Elle pourra s'échapper.

Echapper à sa mère qui lui a appris à se tenir bien droite – allons Mademoiselle encore un peu plus droite – à se couvrir de dentelle et de soie, qui a fait d'elle une personne bien dressée tout en oubliant de lui parler de l'intérieur, de ce qui vibre, de cette voix (cette voie ?) que chacun porte en soi et qu'il faut tenter de découvrir un jour.

Tout au fond d'elle, montent des frémissements d'insatisfaction qu'elle refuse d'ailleurs. Encore bien corsetée par le système apparemment sans faille d'Ulrike, elle est persuadée que la surface doit rester lisse et qu'il ne faut jamais laisser échapper le moindre soupir – ce serait alors un comportement de cousette ou de vendeuse de magasin.

Ce refoulement lui est facile puisqu'elle vient de recevoir sa voiture. Sa joie fait hoqueter Ulrike : au lieu de rire, elle pourrait penser à son frère, les Alliés l'ont sûrement coupé en morceaux comme ils ont hâché ce bijou baroque de Dresde, les sauvages !

L'été qui suit la fin officielle de la guerre voit se développer les problèmes sexuels de Martin. Ulrike, pleine d'aversion pour les choses du sexe, a souvent prévenu Edouard que ce garçon était vicieux – vous êtes un homme et médecin en plus, vous savez bien de quoi il s'agit. Edouard a secoué la tête d'un air entendu mais n'a pas parlé à son fils de ce sujet qui l'embarrasse même si une certaine accélération – selon Ulrike – devrait pousser le père à prendre ses responsabilités, pour montrer qu'il n'est pas dupe et qu'un peu de discrétion devrait au moins être de mise.

– Il se m.st..b. chaque nuit, affirme Ulrike qui n'ose prononcer le mot dans sa totalité ni laisser la femme de ménage assainir la chambre de l'infâme, vous vous rendez compte si elle rapportait cela au village ? Et ces draps qu'il faut laver ! Vous pourriez au moins lui dire d'utiliser un de ces grands mouchoirs, comme ceux que les ouvriers mettent autour du cou pour éponger la sueur, ça se frotte plus facilement qu'un drap ! En tout cas mon fils à moi n'aurait jamais osé se livrer à des actes pareils, il aurait eu trop peur de faire de la peine à sa maman.

Edouard ne répond rien. A la mort de sa mère, Martin était un marmouset d'à peine cinq ans. La grand-mère paternelle fut un merveilleux substitut, pourquoi s'en est-elle allée si tôt ? Elle vivante, Martin n'aurait pas subi des principes pédagogiques propres à former les soldats de Frédéric II. N'aurait-ON pu permuter les départs ? Il soupire : cela fait partie du lot de misères que chacun doit porter ici-bas, cette métaphore de la « vallée des larmes » n'est pas apparue par hasard ; si la vie était gaie, les pasteurs ne parcourraient guère les campagnes en promettant le Paradis. Et puis ses enfants ont eu la chance d'être orphelins dans un milieu aisé. Fussent-ils nés plus bas, c'était l'Assistance publique qui les aurait attendus et de ces mioches placés par l'honorable institution, il en rencontre chaque jour dans les fermes où il se rend pour ses visites : pousses malvenues, avortons de graine humaine livrés à eux-mêmes, crasseux, eczémateux, moins bien traités que le veau qui vient de naître.

Que Martin s'amuse un peu trop avec son sexe n'a finalement qu'une importance toute relative – la surdité promise par le docteur Tissot ne trouve plus vraiment preneur dans le corps médical – et il faut s'appeler Ulrike de Prusse pour geindre à ce propos. Cela lui passera un jour. En attendant, il refuse de lui administrer du bromure. Quant aux draps, c'est la femme de lessive qui les frotte et Kathy vient de lui dire qu'à la Foire d'automne elle a vu une nouveauté sensationnelle: une machine qui lave le linge, est-ce que ce n'est pas merveilleux, chéri, nous allons pouvoir nous passer de Madame Barraud qui d'ailleurs sera enchantée: elle se plaint d'avoir mal au dos à force de se pencher sur les cuves, l'eau froide lui crispe les mains et lui donne du rhumatisme déformant. Si son métier la met pareillement de mauvaise humeur, qu'elle en change!

Katharina ne laisse pas à Edouard le temps de lui demander le coût de ce progrès fabuleux, elle lui glisse à l'oreille qu'elle pourrait bien être à nouveau enceinte et un bébé, c'est de la lessive en perspective, jeudi, je t'emmène à la Foire, il faut que tu voies cette machine, on n'a qu'à la brancher sur l'électricité, plus besoin de faire bouillir le linge en remuant avec des grandes spatules, tu te rends compte!

Elle bat des mains, elle est heureuse. Une vraie petite fille.

Si l'âge commence à peser sur les épaules d'Edouard, Kathy a toujours l'air de sortir de l'adolescence, avec sa peau satinée et dorée par le soleil. Ses longs bras fins et nus aux muscles en fuseau, arrondis à l'épaule, donnent envie de planter ses dents dans ce fruit appétissant...et cette odeur de *Vent vert* qui flotte autour d'elle... Une femme pareille, quelle merveille, pense Edouard.

Un jeudi, jour du couple, lors d'une escapade au restaurant qui suit la prise de quelques truites dans une rivière proche, Kathy dit à Edouard:

– Au fond, pourquoi ne renverrait-on pas ma mère? Tes enfants sont grands maintenant, elle devient chaque jour plus difficile à supporter. Elle ne sait plus qu'inventer pour se rendre imbuvable. C'est à toi de lui dire de...

Edouard refuse: elle a mauvais caractère, c'est vrai, mais après tous les services rendus on n'a pas le droit de la renvoyer vers les Allemagnes, là où tout est détruit! Non, ta mère ne retournera pas maintenant dans son pays, elle y mourrait de faim, ce serait du cynisme de la réexpédier comme cela surtout qu'elle l'a toujours annoncée cette destruction, personne ne la croyait à l'époque, moi le premier, et puis on aura de nouveau besoin d'elle quand le bébé naîtra.

L'après-guerre dans le souvenir de Katharina ?

La naissance de Katia.

Edouard insiste pour que cette petite fille porte un prénom très proche de celui de sa mère, persuadé que la beauté de l'une rejaillira ainsi sur l'autre.

Sachant maintenant à quel usage sont destinés les fameux ciseaux, elle profite de l'accouchement pour demander au médecin... vous comprenez, chaque fois que mon mari... heu... vous devinez, chaque fois je dois serrer les dents, je ne lui en ai pas parlé, dit-elle en rougissant (comment aurait-elle osé ?), mais j'ai l'impression que vous avez un peu trop recousu la dernière fois – ou peut-être devrais-je dire la première fois ?

Elle est encore assez naïve pour s'étonner de lire, alors qu'elle parle, une expression de soulagement sur le visage du collègue de son mari.

Elle aime beaucoup cette petite Katia qui ressemble tellement à Boris, mais dans les profondeurs les plus inatteignables de son être, elle sait, elle sent une passion la dominer, un appel qu'elle ne peut raisonner, une chose unique réservée à son fils seulement. Comment décrirait-elle ce sentiment d'ailleurs ? Les faits sont là, inexplicables : c'est pour Boris qu'elle entend vibrer en elle des notes secrètes, on dirait qu'un violoniste virtuose et invisible lui révèle soudain qu'un archet peut explorer plus loin encore les modulations et émettre des sons d'une harmonie au-delà du perceptible.

De retour à la maison, sous prétexte d'éviter à Boris d'éprouver de la jalousie, elle abandonne Katia à sa mère. D'ailleurs elle se ronge pour son fils qui n'a pas d'appétit. Même s'il est brillant à l'école, même s'il s'est assis un jour devant le piano en demandant qu'on lui apprenne à en jouer, comment parviendra-t-il à étudier s'il se nourrit à peine ?

On est en novembre 47 et Ulrike est toujours sans nouvelles de Christof : les soldats sont tous rentrés de la guerre, il n'y a plus que ces sales Russes qui en détiennent encore dans des camps en Sibérie, dans des lieux oubliés de l'humanité. En hiver le vent gèle les os mais son Christof, elle le sent, elle le voit plier et résister, un vrai arbuste de la steppe. Il est maigre et le vent le traverse ! En été, la sueur sale sa peau : lui donne-t-on seulement à boire ? Ils ne vont tout de même pas me le transformer en hareng ! Je délire... le vent d'ouest, qui passe par là, a assez de force pour apporter un peu d'air humide et quelques-unes de mes larmes aussi jusqu'à mon garçon qui peut revenir sans crainte vers sa maman, quoi qu'il ait fait, non mais je radote, Christof était en France, il y mangeait du poulet bien juteux accompagné d'un de ces vins de velours à la robe pourpre comme seuls les Français savent en faire, c'est un bon garçon – c'était, et sa bonté dans la guerre ? Pourquoi a-t-il écrit si rarement ? En quoi la guerre l'a-t-elle transformé ? En hachis ? Il y a eu des SS tués par des civils qui n'y allaient pas de main morte, mais aussi pourquoi s'est-il laissé embobiner par ces SS dont on révèle chaque jour d'horrifiants faits de guerre ? Christof lui disait qu'il était téléphoniste... téléphoniste d'une unité de tueurs ? Téléphoniste : un mot pour en cacher un autre ? D'autres même... Et toutes ces monstruosités qu'on lit dans les journaux ?

Elle ne sait plus Ulrike, son âge se compose maintenant d'un sept et d'un zéro, le deuxième chiffre marque le début d'une dizaine qu'elle redoute, celle qui fait flancher le corps et parfois détruit l'esprit, bref elle n'a pas le courage de voir son pays en ruines, de partir à la recherche de son fils sous les décombres – peut-être a-t-il déserté lors de la capitulation, il serait dans ce cas rentré en Allemagne, il se terrerait dans son propre pays lui qui à vingt ans était prêt à danser la gigue dans son uniforme. Tout ça, c'est à Peter qu'il le doit : s'il avait eu un brin de poil quelque part, il se serait arrangé pour que son fils reste un troufion quelconque, fantassin ou sanitaire, et maintenant il rentrerait à la maison, amaigri, meurtri, certain d'avoir accompli son devoir de patriote, grandi par le courage qui s'était développé en lui et avec soulagement il dirait : *ich lebe noch.*

Alors la petite Katia, dont l'âge se compte en semaines puis en mois, réchauffe sa vieillesse triste – curieux que sa fille avec son physique de statue grecque ait accouché de deux enfants délicats, on dirait des échantillons, rien à voir par exemple avec cette Autrichienne arrivée sans flonflon au village, en pleine guerre en plus, et qui a fini par épouser Fernand, le paysan voisin, et bien cette fille-là nous a fait des enfants costauds comme tout, huit à neuf livres à chaque apparition, et d'une résistance à toute épreuve: un jour que, dans sa hâte de paysanne pressée par les appels de la basse-cour, elle a planté une épingle de nourrice dans la peau de l'aîné en changeant ses langes, il a hurlé sans que se développe la moindre infection. Une telle mésaventure avec Boris ou Katia et c'était la fièvre et peut-être même la Camarde commençant sa danse dans un recoin de la chambre.

Ulrike harcèle Peter – ce qui lui a servi de mari au moins deux fois dans le passé, ricane-t-elle en direction d'Edouard, heureuse de le faire rougir – elle harcèle sa sœur Gudrun et même Maria, sa cousine un peu stupide: qu'il cherche Christof, qu'elles le fassent rechercher, après tout la Croix-Rouge n'a pas été créée pour les lapins de garenne, elle est certaine d'ailleurs que ces femmes – même Maria – se débrouilleront mieux que son ex-Peter usé par l'alcool, ce gros benêt qui a bu chaque parole du Grand Fou. Gudrun, sa sœur, retrouvera Christof, ça, c'est sûr, c'est une femme froide et efficace. Et que reproche-t-elle à Hitler maintenant? D'avoir perdu la guerre, d'avoir humilié Siegfried et les Nibelungen. Les camps de la mort, le génocide? La guerre c'est la guerre, écrit-elle, comme si seul le hasard avait fait tomber cette fatalité sur le peuple allemand; elle n'y comprend rien d'ailleurs à cette histoire de faute collective, elle la refuse en tout cas et le Tribunal de Nuremberg est une honte. Et Gudrun couche tout cela sur du papier plein de bois, de son écriture gothique, elle qui a profité de la guerre en fournissant des carpes fraîches aux officiers allemands!

Très forte personnalité, sa sœur, et d'une intuition profonde: elle avait tout de suite compris que la guerre perturbait tous les trafics. Son mari possédait un étang à carpes. Elle avait découvert qu'une carpe soûle reste vivante trois jours au moins à condition d'être emballée dans une grosse feuille humide – et la nature en produit à profusion de ces peaux protectrices – alors elle a eu l'idée de placer du coton imbibé d'alcool pur dans la bouche des carpes de l'étang, de les conditionner soigneusement, et le poisson, en plein coma éthylique, pouvait traîner quelques jours dans les bas-fonds de la désorganisation postale, il arrivait frais comme s'il venait de sortir de l'étang. Le nom de Gudrun a passé d'un officier à l'autre, tant pis s'il fallait payer cher cette pêche qui faisait rêver n'importe quel militaire en campagne.

Gudrun, assez fine mouche pour avoir reconverti au fur et à mesure ses gains en or, se fera une gloire, une fois de plus, de prouver son efficacité en retrouvant Christof et, en attendant que des décombres surgisse son ancien bébé, Ulrike berce celui de sa fille. Elle le choie, comme si, tout d'un coup, sa situation de mère allemande à l'enfant perdu dans la guerre lui faisait redécouvrir la douce peau satinée de l'être humain à ses débuts. Elle caresse, adule, lave, pommade, pomponne cette petite boule d'ange qui contient la beauté de la vie. Cet amour sans limite met du baume sur ses blessures. Les cantilènes camouflent l'horreur du monde et ravivent en elle des émotions anciennes, collées tout au fond: grâce à cette petite Katia, des réminiscences éclatent comme des bulles sur une eau calme. L'apaisement l'enveloppe, la protège de l'extérieur, la plonge dans un état d'innocence.

C'est à peine si elle a le temps de s'occuper des trois enfants. Ils n'ont plus besoin d'elle maintenant: Martin a quatorze ans, Jean douze et Christine va sur ses onze ans. Ils aiment Katia pour différentes raisons: Christine parce qu'elle peut jouer de temps en temps à la maman avec un vrai poupon, Jean parce qu'elle semble absorber *la folle-la-vache*, et Martin parce qu'Ulrike a cessé de le menacer d'attacher ses mains aux bords de son lit.

Martin est d'ailleurs un garçon gai et insouciant – les méthodes d'Ulrike l'ont-elles atteint en profondeur? Au Collège, il montre, sans trop travailler, facilité et attirance pour les langues anciennes. Il préfère même le grec au latin. Il aime la musique, ce qui ravit Marlène et Charlotte qui l'ont toujours placée au-dessus de tout. Il sera chanteur, décrètent-elles, comme le frère de sa mère, on le voit rarement hanter la maison celui-là c'est sûr mais il est tellement occupé avec sa musique, il voyage partout, le voilà qui fait le tour de la Suisse avec «Les Trois Cloches» de Gilles. Donc Martin suivra des leçons de musique: qu'il apprenne le violon, cela lui affinera l'oreille.

Et les deux petites secrétaires se cotisent pour voir si l'archet lui réussit.

Edouard refuse de payer l'abonnement de train pour que Martin puisse aller suivre ses cours à Lausanne. Bon, eh bien, elles payeront, grâce à elles, il y aura un musicien dans la famille, clament-elles le dimanche – deux fois par mois – quand elles arrivent par le train et qu'Edouard vient les chercher à la gare en voiture.

A peine a-t-il embarqué ses sœurs que Charlotte fait éclater sa mauvaise humeur – parfois il a l'impression d'essuyer des tirs de barrage – mais, dans la voiture, Edouard ne peut éviter les attaques, toujours les mêmes d'ailleurs: tu ne t'occupes pas assez de tes enfants, ils sont fagotés comme l'as de pique, une vraie femme un peu intellectuelle ou musicienne n'aurait pas livré ces gosses à une Prussienne sans finesse, tu verras plus tard, il te faudra leur rendre des comptes et puis personne n'a jamais d'argent pour eux, même un abonnement de train pour Martin est de trop, par contre Kathy amène Boris chaque semaine en voiture à Lausanne pour qu'il y suive des leçons de piano, comme si à sept ans on pouvait jouer autre chose que « J'ai du bon tabac dans ma tabatière » ou « Au clair de la lune »! Décidément, il n'y en a que pour Boris. Et les autres ?

Charlotte a parlé vite – suivant un scénario invariablement identique – tout au long du parcours. Une fois dans la maison, elle s'exprimera différemment, par des sous-entendus écorcheurs. Ulrike lui fait peur, elle préfère le mode allusif qui échappe à la Prussienne mais que Kathy sait déchiffrer. Et Charlotte sent qu'un jour elle se déchaînera contre elle: ma petite tu ne perds rien à attendre, quand ta mère s'en ira, que ce soit au Diable ou qu'elle regagne ses pénates, tu sauras enfin ce jour-là tout le mal que je pense de toi, maudite femme qui par ta beauté et ta jeunesse as ensorcelé mon frère et l'as transformé en père irresponsable.

Lors du trajet en voiture, la litanie charlottesque irrite Edouard sans qu'il ose prier sa sœur de ne plus remettre les pieds chez lui, il y a des choses qui ne se font pas, Charlotte est la marraine de Martin, de Boris aussi, et puis elle a toujours eu mauvais caractère, elle est née et mourra avec des épines, ni rose ni cactus mais femme-hérisson. Pauvre Marlène ! Il la plaint de vivre avec cet être revêche, armé de lunettes cerclées de fer; comment supporte-t-elle, la quarantaine confirmée, de se laisser asservir quotidiennement ?

Il ne le sait pas et il s'en fiche. Ce qu'il veut, lors des dimanches en famille, c'est une atmosphère harmonieuse quand il montre ses films. Ayant décidé de participer à un concours de cinéma pour amateurs, il a besoin de tester ce qu'il souhaite mettre en compétition. Alors que l'été frémit de bourdonnements, Edouard fait fermer les volets pour chasser la lumière du salon. Même les enfants doivent regarder ce qu'il a préparé : ils verront des choses que l'école est incapable de leur montrer d'une manière aussi vivante. Grâce à un procédé macrophotographique américain, le petit monde des insectes apparaît en grand sur l'écran, on voit un puceron traire une fourmi. Il lui a suffi de mettre en forme les faits et gestes de tout ce grouillement pour que cela donne une œuvre instructive et rare pour l'époque puisqu'il la filme en couleur. Sur la pellicule, la vie des insectes commence par une spirale, symbole d'ouverture sur cette réalité mal connue du grand public ; au cœur de la spirale, comme dans l'œil d'un cyclone, on peut lire : le docteur Edouard Gondebrœk présente le monde fabuleux des insectes. Et la spirale réapparaît à la fin pour permettre au spectateur de revenir dans le monde humain après cette incursion dans l'imperceptible à l'œil nu. Son film, très applaudi par la famille, même Charlotte dit « bravo » trois fois puis elle sourit comme si une autre image de son frère avait soudain percé l'écran. Tout le monde est d'accord : ce film devrait être la révélation du concours, le sujet est organisé d'une manière originale.

– Je l'ai mis en scène, c'est le cas de le dire.

Edouard rougit, satisfait de son travail.

Sa colère sera sans limite lorsqu'il constatera qu'aucune distinction ne viendra couronner son œuvre et qu'il devra se contenter d'une dixième place sur quatorze concurrents, quelle honte, quel cas fait-on de la science aujourd'hui ?

– Et de l'art, murmure Marlène.

Le givre installe un état de brillance malgré un soleil pâle – encore une de ces journées qui rappellent que la nature est la plus forte et que l'humanité n'existe qu'en passant, pense Ulrike en voyant Kathy sortir sa voiture pour emmener Boris à l'école: elle a peur qu'il attrape froid, il est si maigrichon, il ressemble à un de ces petits Allemands qui viennent refaire leurs joues en Suisse, elle craint que lui entre dans la peau ce givre qui transforme les arbres nus en fleurs géantes. Spectacle rare: le brouillard d'hier a gelé, s'est figé, le soleil tout penché sur l'horizon tient du fantôme avec son voile de brume, un fantôme qui voudrait nous retirer ses rayons... il n'empêche que ma fille est folle de mener Boris à l'école du village en voiture; faire cinq cent mètres à pied lui creuserait l'estomac et dire qu'elle se plaint de son manque d'appétit et lui sert chaque jour petite baveuse sur petite baveuse, ça fait surtout baver de jalousie les aînés sans que Boris prenne un gramme. Elle a peur, peur de tout d'ailleurs: qu'un tracteur ne voie pas son fils et le lui écrase, qu'il se casse un bras en jouant avec les brutes de son âge. Elle préfère inviter ses petits camarades à la maison, là où il y a des jeux éducatifs. Cela nous réserve de belles surprises d'ailleurs.

Un jour, Boris leur amène un fils de paysan tout pouilleux et aussi sale que le peigne de quelqu'un qui se lave les cheveux deux fois l'an. Le gamin chasse devant lui de ces odeurs d'écurie ! Avant de le laisser jouer, Katharina le plonge dans la baignoire, lui enlève ses poux et quand il rentre à la maison, le père se met à hurler : quoi ! Madame Docteur a épouillé Charles mais les poux c'est un signe de grande santé, d'ailleurs son fiston ne manque jamais l'école, lui, tout le contraire de celui de Madame Docteur. La traite des vaches achevée, le père de Charles vient frapper à la fenêtre de la cuisine : il ne veut pas entrer, ça non, il est pas habillé pour, dit-il de l'extérieur, en ajoutant que, si Madame Docteur s'amuse de nouveau à lui laver son garçon, il lui interdira de jouer avec le sien et si le vôtre avait un peu de poux il serait moins fragile. Et le père disparaît dans la nuit de l'hiver.

Boris s'obstine à inviter le petit pouilleux à la maison. Katharina, chaque fois qu'elle le voit arriver, lui plante un bonnet en laine sur la tête, tant pis si la chaleur agite la vermine, ce qui force le gosse à se gratter par-dessus le bonnet.

L'amitié entre Charles et Boris dure toute une année, inspire craintes et frayeurs à Katharina qui est soulagée tout de même d'apprendre que Charles est recalé d'une année et Boris avancé d'une autre. N'a-t-elle pas couvé un œuf d'une espèce différente ?

Les garçons ne seront plus dans la même classe et Katharina ignorera toujours ce qui unissait si mystérieusement ces deux enfants ; elle ne saura pas non plus que le fragile l'emportait sur le costaud par des moyens différents: Boris défiait Charles d'oser manger un ver de terre puis une petite limace, vivants tous les deux. Charles ayant dit: t'arriveras pas à faire ça, Boris s'est exécuté et a gobé le ver de terre puis la limace avec une facilité déconcertante. Charles, un peu vexé, essaye – si le gringalet l'a fait il y arrivera aussi – puis recrache le tout illico avec des contorsions de dégoût.

Katharina tire le rideau pour les observer depuis une fenêtre. Elle se félicite de les voir jouer si calmement en ce jardin. Il lui a même semblé que Boris dominait Charles, et pourtant il n'y a eu aucun bruit de bagarre ! Malgré ses airs rudes et ses poux, il est tout doux et dévoué à Boris, brave petit Charles, conclut-elle en remettant le rideau à sa place.

Curieux, ce rideau crocheté par sa mère: on aurait dit que l'oie en plein mouvement s'amusait elle aussi du jeu de Boris et de Charles.

Kathy, folle de Boris, le photographie dans toute sa fragilité, elle le pose dans les champs du mois de mai, lui fait porter une chemise avec un col et une petite cravate, place son lapin en peluche entre les bras (Ulrike hurle: mais il n'a plus l'âge à se faire photographier avec son lapin !) et qu'il sourie, qu'il sourie, mon Dieu que le sourire de cet enfant est merveilleux, il efface tout, la misère du monde et mes humiliations.

Elle dérive, pense Ulrike, elle fait de Boris un fils à maman, elle l'habille comme un prince pour vivre à la campagne et jouer avec des bouseux, elle le pousse en voiture jusqu'à Lausanne pour sa leçon de piano comme si l'organiste du village ne suffisait pas pour les débuts, ma fille est folle, elle est folle de son fils, il faut avouer que plus il grandit plus il ressemble à Christof, depuis le rendez-vous manqué de Constance, elle a très peu parlé de son frère qui ne lui a plus jamais écrit à elle, personnellement... alors ce petit Boris, qui a poussé dans son ventre, elle le couve, même une mère cygne en ferait moins, peut-être pense-t-elle qu'à force de le couver, elle s'imprégnera de lui et que, quoi qu'il arrive, il restera toujours quelque chose de lui en elle.

Depuis la naissance de Katia, les aînés sont plus libres: de temps à autre ils ont droit à quelques gifles du père si leurs résultats scolaires sont jugés insuffisants mais Ulrike ne les harcèle plus à propos de vêtements déchirés: une lingère vient trois fois par semaine rapiécer, raccommoder, coudre. De temps à autre, ils reçoivent même un habit neuf choisi par Katharina dans un catalogue. Elle ne leur demande pas leur avis, tant pis si les goûts ne correspondent pas, ils n'ont qu'à être contents, quand j'avais leur âge, ma mère décidait pour moi, pourquoi auraient-ils droit à une liberté qui m'a été refusée ? Et par ma propre mère en plus !

Katharina remarque que Jean est chaque jour d'humeur plus sombre: il fait la tête, nous ne sommes plus assez bien pour lui depuis qu'il va au Collège. Sale gosse, et capricieux en plus ! Après tout ce que nous avons fait pour lui, il devrait être content, des tas d'enfants meurent de faim, vivent dans des maisons mal chauffées alors pourquoi ne sourit-il que pour les photos et encore: sur celles du baptême de Katia, il pincerait presque les lèvres.

Et un matin, Katharina découvre dans la chambre de Jean une grosse corde avec un nœud coulant. Petit salopiot, murmure-t-elle en dévalant l'escalier. Elle arrive au cabinet médical, pose la corde sur le bureau d'Edouard: à force de dire à table que tu vas décrocher des pendus tu donnes des idées à tes fils, voilà ce que j'ai trouvé dans la chambre de Jean et il serait bien capable de s'y accrocher rien que pour te faire mauvaise réputation. Qu'est-ce qu'il n'inventerait pas pour qu'on le remarque celui-là! Je suis sûre qu'il a redoublé son année de Collège pour qu'on dise que le fils du médecin est un âne. Et tout ça arrive au moment où Boris vient d'être avancé d'une année!

Sans commentaire, Edouard fait disparaître la corde dans son bureau et, lors du repas de midi, envoie trois claques à Jean: ça t'apprendra à imiter les valets de ferme, murmure-t-il entre ses dents.

Jean reste muet. Les taloches paternelles – des baffes de faible guidées par la main de *la folle-la-vache* – ne l'atteignent plus. Au fil des jours et des humiliations, son corps et son esprit sont imprégnés de rancœurs transformées en haine. Sera-t-il capable de dire un jour: je t'aime? Il hait son père qui l'a livré sans défense à la Prussienne. Il hait la femme de son père: à cause d'elle, la tortionnaire est entrée dans la maison. Il la hait aussi pour sa beauté qui le trouble, le touche, le fait rêver. Si elle l'avait pris dans ses bras quand il avait du chagrin! A part ses tantes, qu'il aime bien mais qu'il trouve exotiques malgré tout, il n'a personne, pas de mitan où il se sentirait à l'aise. Il s'est fabriqué une carapace d'indifférence, à force d'être rabroué. Pour la briser, il faudrait peu de choses pourtant: qu'on le félicite pour une bonne note, ça lui arrive tout de même, il n'est pas raté jusqu'à l'os.

Fuir, il devrait fuir, mais où?

Plus personne ne se soucie de Martin, sauf Charlotte et Marlène qui suivent ses progrès en violon. Il est doué, aime son instrument, déteste le solfège et préfère jouer d'oreille. Contrairement à Jean, Martin est d'humeur gaie. Moins on s'occupe de lui, mieux il se sent.

Un jour, parlant de sexe avec ses copains, il les entend se vanter d'en avoir fini de s'amuser tout seuls, rien ne vaut le con palpitant d'une fille.

Martin éberlué: quoi, à votre âge, vous avez déjà des filles avec qui faire ça? Gros benêt, disent les autres, il y a des femmes au village qui sont de vrais cimetières à biroutes, la serveuse du Café des Platanes, celle du Café des Tilleuls dans le patelin à côté de chez toi, et puis il y quelques petites cousines germaines pas farouches, celle de la ferme à Maudruz, c'est pas son accent bernois qui doit te rebuter, et la Saint-Galloise de la Croix Fédérale, elle pine, alors vas-y, tente ta chance...

Martin ne sait comment les aborder: il faudrait sortir la nuit, mais les portes de la maison sont bouclées par Ulrike qui en fait le tour chaque soir. Le trousseau de la geôlière tintinnabule dans les couloirs.

Faire le mur? Au-dessous de sa fenêtre, il est lisse, pas le moindre arbuste grimpant dans quoi il pourrait accrocher ses pieds. Sauter? Il risquerait de se casser une jambe, maladroit comme il est. Et une fois en présence d'une de ces filles, que dirait-il? Qui vous apprend à leur parler? Et moi, Martin, si gauche, si lourdaud... Il y aurait bien les femmes payantes de Lausanne, il en a entendu parler, les petits campagnards ne sont pas forcément ignorants, mais comment aller au Café du Mouton quand après chaque leçon de violon ses tantes s'arrangent pour venir l'attendre à la sortie et lui offrir un chocolat chaud avec une pâtisserie crémeuse ?

L'idée d'essayer avec une fille arrive spontanément le jour de son anniversaire ou plutôt de son non-anniversaire. Au matin de ses quinze ans, papa fait ses visites, Katharina et Ulrike invisibles, même Jean oublie de lui taper sur l'épaule et de lui dire – selon un rite qui leur est propre : un an de plus pour toi, ça fait un an de moins à tirer ici, on en sortira bientôt de cette taule. La matinée est belle pourtant, le soleil envahit la salle à manger, pourquoi doit-il avaler son repas dans un silence de tombe ? Il n'a rien fait de mal pourtant !

A son retour de l'école en fin de journée, pas de gâteau d'anniversaire. Un paquet des tantines de Lausanne, un autre de celles d'Auvernier traînent dans un coin, comme s'ils n'avaient aucune importance. Il les emporte dans sa chambre, les ouvre : un pull, une chemise, deux tailles au-dessus de la sienne, dans ce que les tantes imaginent être du dernier chic pour un garçon de son âge, quelques gâteries qu'il n'a pas envie de toucher. Il lui manque le goût de vivre.

Christine entre dans sa chambre : bon anniversaire Martin, dit-elle en lui tendant un petit paquet. Elle a brodé un mouchoir avec ses initiales et, avec ses économies, lui a acheté une boîte de ses chocolats préférés. Christine entrant à cet instant, lui disant ce qu'il avait été en droit d'attendre des autres, lui tendant sa joue pour un baiser, et Martin passe de la tristesse à l'euphorie. Il la serre dans ses bras, la serre si fort qu'il sent le corps de sa sœur, son corps de fille tout chaud contre lui et le désir de fille si présent revient : s'il essayait avec elle, elle est si gentille Christine, elle ne refusera pas et puis cela resterait dans la famille au moins, en plus ils pourraient faire ça tous les jours...

Il la serre encore plus, plante sa langue dans la bouche de sa sœur effarée – les copains lui ont bien dit qu'il fallait commencer par là, en faisant le tour des dents, ça excite les filles tu verras – et tout en la maintenant solidement contre lui, il relève sa jupe, tire sur la culotte pour la faire descendre le long des jambes.

Christine muette le regarde avec des yeux de chouette effrayée par la lumière du jour: elle ignore tout de ces pratiques, comprend juste que son frère n'est plus le même, il a une espèce de bête chaude et dure entre les jambes, ça le rend fou. Au moment où Martin relâche un peu sa prise de manière à pouvoir se déboutonner, Christine affolée, d'une voix sourde et pleine d'une angoisse qui retient le cri, supplie: mais arrête, tu vas me faire du mal, je vais pleurer...

Katharina, qui passait dans le couloir, entend cette protestation. Elle ouvre la porte et voit Martin en train d'essayer de violer sa sœur. «Ma mère a raison, pense-t-elle en emmenant Christine après avoir enfermé Martin dans sa chambre, ce garçon est totalement vicieux.»

Le scandale, éviter le scandale, dit Edouard, ne pas mêler les autorités du village à cette histoire, le fils de leur médecin... sa propre sœur, comme on jaserait, les murs ont des oreilles, les fenêtres, des yeux et des langues. Martin vient de la famille de ma première femme. Pourquoi n'y retournerait-il pas? Non, pas chez Rirette et Zélie, avec leur pensionnat de jeunes filles ce serait introduire le renard dans le poulailler, non mais il y a André, le chanteur, il est marié, il n'a qu'une fille, elle est plus âgée que Martin, il la respectera et si l'idée lui vient de... elle saura se défendre. Lui dire de toute façon que s'il recommence ce sera le juge pour enfants puis le placement en institution.

Dire à André pourquoi nous l'envoyons chez lui ?

Il n'en est pas question. La version officielle sera que Martin est mal à l'aise dans une grande famille et qu'un cercle restreint lui conviendrait mieux. Si des patients posent des questions, on dira qu'il veut être chanteur comme son oncle maternel.

Face au temps, Katharina s'interroge sur ces années où les jours ont traîné en longueur, se sont engouffrés comme du sucre dans un entonnoir... années de confitures en pots, tirées en peine. Son record ? Soixante-cinq d'un seul après-midi. De la petite industrie, presque.

L'insouciance l'a quittée pour l'amertume.

C'est arrivé progressivement... jeu du contentement, bœuf sur la langue, ou l'un interférant avec l'autre ?

Les faits sont là : elle en veut à sa mère de l'avoir utilisée pour se protéger de la guerre. Etait-ce de la part d'Ulrike une attitude de mère pour qui le mariage n'était qu'un arrangement ? Un bon mari t'apporte le confort avant tout et de ce côté-là, tu ne peux pas te plaindre, quand tu disparais avec ta voiture et que tu t'achètes des habits pour une somme qui permettrait à une famille allemande sinistrée par la guerre de vivre pendant des mois, eh bien quand tu reviens Edouard est heureux, tout simplement, heureux de la belle journée que tu as passée, du plaisir que tu as eu, il ne te reproche même pas de ne pas user ces beaux vêtements...

Mais ma chère mère, réplique enfin Katharina quarante ans plus tard, laisse-moi enjamber toutes ces années pour te rappeler que si je m'achetais ces beaux habits qui te faisaient baver d'envie c'était parce qu'Edouard m'avait promis de m'emmener au concert et au théâtre. Alors je choisissais trois-quatre rechanges – la femme d'un médecin pouvait-elle porter toujours les mêmes nippes? Pour satisfaire au prestige, il fallait à tout prix éviter les allures campagnardes. Et quand ensuite venait la saison des concerts et des représentations théâtrales, Edouard se confondait avec son travail: il y avait les pendus, les noyés, les ivrognes écrasés, les gravement malades, les notes d'honoraires, les analyses de sang, de pipi, de caca. Quand il en avait enfin terminé avec tout cela, la représentation avait débuté depuis longtemps à trente kilomètres de là et l'année suivante, ça recommençait: je m'achetais de nouveaux vêtements, la mode avait changé et Edouard m'avait encore promis de m'emmener au théâtre et au concert. Aurais-je pu me montrer avec ceux de l'année précédente? Et à nouveau: pipis, cacas, pendus, le sang des malades bouffait celui de notre vie. A toi, ma mère honnie – plus de trente ans après ta mort, j'ose enfin prononcer ce mot – ton ex-Peter, mon père, te payait une camériste du temps de votre splendeur. Rappelle-toi ces vacances sur la Côte Ligure, les palaces et les domestiques que nous traînions avec nous... ai-je jamais eu de femme de chambre, moi? Alors pas de reproches avec ta famille allemande sinistrée: est-ce que toi tu t'occupais des victimes de la Grande guerre quand tu faisais déplacer la domesticité en Italie juste pour t'assurer un confort supplémentaire? Et ces fringues qui te restaient sur le cœur, c'était une compensation. Parce qu'il y avait cette «chose» dont tu n'avais jamais voulu parler et qui révulsait tes convictions victoriennes: tout ce qui se taisait sur ce qui unit un homme et une femme et permet aux enfants de naître.

Le corps de Katharina, muet jusqu'alors, commence à avoir des exigences, elle le sent. Edouard est si fatigué qu'il s'endort en lisant son journal le soir alors qu'elle attendrait un peu de tendresse, il y a des gestes qui n'ont pas besoin de paroles. Combien de temps devra-t-elle jouer les potiches face à un taiseux? Elle n'est qu'au début de la trentaine, il aborde la cinquantaine: la différence d'âge devient pesante. Depuis la naissance de Katia, «la chose» se passe plus facilement, elle a été recousue correctement cette fois, alors elle entrevoit des possibilités. Possibilités de quoi? Même si tout cela est resté très flou, même si elle ignorait les mots à mettre sur son malaise, la vieille Katharina meurtrie sait qu'il lui a manqué une vie affective et sexuelle harmonieuse.

Au lieu de cela, la jeune femme subit les ronflements d'Edouard, connaît ses premières insomnies, supporte moins les confitures et les problèmes des enfants, se met à haïr sa mère et se reproche son manque de courage: pourquoi n'a-t-elle pas suivi le Graf von Z., cet homme qui l'avait fascinée et lui avait promis de l'attendre – un homme peut patienter deux, trois ans mais pas poireauter pendant treize ans avec une guerre au milieu!

Du Graf von Z., il lui reste le souvenir qui alimente ses rêveries nocturnes: elle existe dans sa jeunesse intacte, sortie d'un tableau impressionniste (compliment d'Edouard) et cet homme grand, aristocrate raffiné lui dit: vous êtes bien trop belle pour ne pas être heureuse tous les jours – cette phrase, elle la gardera en mémoire jusqu'à la fin de sa vie.

Elle approche la mi-trentaine quand elle commence à s'inventer, la nuit, pendant qu'elle ne dort pas et qu'Edouard ronfle, une suite à sa rencontre avec le comte. Elle lui aurait dit: la tante de Bâle n'existe pas, je suis mal mariée, je rentre chez moi, en Allemagne, ma mère me prive de mon pays, elle veut m'éviter la guerre mais la guerre, Monsieur, me gêne moins que de mourir à petit feu chaque jour en Suisse... Il l'aurait prise sous sa protection. Alors, elle aurait franchi les terres et les mers – parce que dans la famille du Graf von Z. on avait été assez habile pour ne pas perdre tout son argent d'un seul coup comme ces nouveaux riches qu'étaient ses parents. Ensemble, ils seraient partis pour l'Angleterre, ou pour l'Amérique plutôt, hors de la guerre. Il l'aurait entourée de ses longs bras, lui aurait fait découvrir un de ces baisers passionnés comme ceux qu'elle avait vus les rares fois où elle était allée au cinéma, il aurait caressé ses épaules et son cou de sa fine moustache.

Parfois les baisers clandestins du Graf von Z. la plongent dans une extase telle qu'elle en arrive à haïr le ronfleur qui perturbe ses ébats imaginaires. D'autres fois, elle sent monter du creux de son ventre une brûlure qui la fait se tourner et se retourner dans son lit jusqu'à ce que, grâce à la prise d'un somnifère, la torpeur l'emporte. Elle se réveille ensuite en sueurs, gémissante: son mari est déjà levé, sa mère aussi. Elle reste exprès au lit plus longtemps qu'il est d'usage dans la maison, prolonge cette vivance en compagnie de l'amant de rêve qui l'a pénétrée, traversée, lui a permis de s'abreuver à une source qui n'appartient qu'à elle. Cet apaisement l'aide à mieux supporter les travaux de ses jours. Puis, pensant à Boris et à Katia, mais à Boris surtout, elle se lève, chasse l'amant nocturne et reprend son rôle de mère confiturière.

Prendre un amant de chair? Cette idée l'a-t-elle effleurée ? Elle ne s'en souvient pas. La chape familiale, la pression du village, l'isolement de son couple, tout cela a contribué à cet engourdissement qui a fini par l'écarter du cours normal de la vie.

A Bâle, Edouard lui avait promis de la sortir, d'inviter des amis. Pendant quelque temps, il tient ses engagements, puis la vie sociale du couple s'amenuise pour se réduire, chaque jeudi, à des parties de pêche à la ligne et de cueillettes de champignons.

Des promesses de vie sociale, il ne reste que le repas au restaurant: Edouard lui prend les mains sous les yeux du maître d'hôtel, la prie de choisir ce qui lui fait plaisir, et surtout, insiste-t-il, surtout ma chérie ne t'occupe pas du prix.

Il invite aussi Louis Dorner, un ami d'enfance devenu avocat, et sa femme qui raffole de chapeaux à plumes hautes; Louis Dorner qui passe son temps à frotter ses ongles admirablement soignés contre les manches de sa veste taillée dans un lainage peigné, puis chasse avec discrétion un peu d'air en direction du bout de ses doigts comme pour enlever une poussière ou vérifier l'éclat de l'ongle. Il utilise une langue tellement compliquée pour raconter de simples anecdotes que Kathy parvient difficilement à accrocher le fil de la conversation. Il parsème son discours de jeux de mots qui font s'esclaffer Edouard. «Qu'y a-t-il de drôle?» pense-t-elle. Par contre, elle remarque les airs excédés de Simone, sa femme, qui tient à garder son chapeau pendant le repas et siffle lestement son verre de vin, ne s'oppose point à ce qu'on le lui remplisse à nouveau, en boit cinq ou six avant de prononcer, d'un air compassé, ces paroles qui semblent le fruit d'un effort intense: je me contenterai de la moitié, je crois... des moitiés qu'elle laisse à nouveau verser six fois au moins. Occupés à disserter de l'état du monde qui va mal, très mal, la guerre froide, l'Indochine, les communistes qui menacent l'équilibre de la planète, ni Louis Dorner, ni Edouard ne remarquent le manège de Simone et pas davantage celui de Kathy qui s'amuse à remplir le verre à peine vidé juste pour voir à quel moment Simone commencera à refuser. Pour cela, il faut attendre que le café arrive sur la table avec les digestifs. Elle se tient toujours très droite. Il arrive que son chapeau change légèrement de position sur la tête, ce qu'elle ne remarque qu'une fois installée dans la voiture, lorsqu'elle se regarde dans la glace du rétroviseur pour recharger ses lèvres de rouge et s'asperger de parfum: elle cherche à dissimuler son haleine, pense Katharina, et avec tout ce qu'elle boit elle ne va jamais aux toilettes, c'est à peine croyable!

Un jour elle demande: alors Simone, est-ce que la vie ne vous paraît pas vide sans enfants? Et Simone pince ses lèvres et répond: cela, ma chère Katia (elle a bien dit Katia) c'est un sujet qu'il ne faudra jamais aborder.

Si Louis Dorner est un ami pour Edouard, ni lui ni sa femme ne s'intéressent à elle. Une fois de plus, Katharina se sent «trop jeune pour», «pas assez intellectuelle» ou «même pas musicienne».

Alors où et quand rencontrerait-elle cet homme providentiel que ses sens appellent et qui annulerait les rêves lascifs dont elle se sent coupable?

Aujourd'hui, elle sait: elle a eu peur – cette même force l'avait poussée à rebrousser chemin à Bâle –, peur surtout de perdre ses enfants dans l'aventure. Aucune passion n'aurait pu lui faire oublier celle qu'elle vouait à Boris. Elle n'appartenait pas à la catégorie des héroïnes de romans qui se laissent prendre par la folie amoureuse et finissent dans un maelström. Elle n'était qu'une femme ordinaire s'échappant par les rêves, tant pis pour les scrupules.

A cette époque, elle avale sa langue avec une telle volonté qu'elle en a parfois des indigestions. Elle refuse les éclats, les scènes. Chaque fois qu'elle a envie d'attaquer Edouard de front, de lui dire: mais engage donc une vraie assistante médicale, une femme capable de faire des analyses de laboratoire au lieu de garder cette Florence qui répond à la porte, aux téléphones et qui brique ton laboratoire (de la porte et du téléphone, je pourrais m'occuper, les enfants sont grands, tu me proposais bien de faire cela quand Boris était bébé et maintenant qu'il a treize ans tu as oublié, dirait-on, que je peux faire autre chose que des tâches de gouvernante), libère-toi et sors avec moi cela te ferait du bien, tu aimes le théâtre, nous n'y sommes pas allés plus de quatre fois mais j'ai encore en mémoire tes éclats de rire contagieux; chaque fois que ces paroles-là arrivent au bord de ses lèvres, la petite fille terrorisée par les disputes parentales se place devant elle, comme un garde-fou, et le serment de son jeune âge de ne jamais laisser apparaître la moindre dispute revient avec une force incroyable et la pousse à prendre un air souriant. Elle se persuade que l'har-mo-nie régit son mariage, l'image même de son bonheur doit être insupportable à Ulrike puisque sa fille réussit là où elle a échoué ! Quel héroïsme ! Son sacrifice personnel est un investissement pour les temps à venir : Boris et Katia la choieront le jour où elle se retrouvera veuve, elle a toutes les chances de le devenir, à quoi bon s'enfoncer la tête dans le sable ? Elle leur dira alors cette immense solitude qui lui a tenu compagnie. Elle leur dira aussi : une vie, qu'est-ce qu'une vie de femme finalement ?

Pour l'instant, elle a trente-cinq ans et trouve son mari plus âgé que ses cinquante ans. Comme il paraît vieux et fatigué !

Et pourtant, ils pourraient être heureux, la maison se vide progressivement : Martin l'a quittée depuis longtemps. Sa scolarité obligatoire terminée, il a refusé de poursuivre des études. Sa nature gourmande l'a poussé à se projeter en grand cuisinier : un jour de congé, comme il souhaitait faire une démonstration de ses talents à Charlotte et Marlène, il a préparé une sauce en utilisant des oignons de tulipes, qu'il avait pris pour des échalotes. « Mon pauvre coco, a crié Charlotte, si tu es aussi benêt que cela, tu finiras gâte-sauce dans une cantine d'entreprise ! »

Malgré cela, Martin est heureux : il échappe à la dépendance paternelle. Grand, bâti en athlète, blond et jovial, il lui suffit de chanter un air connu pour faire tomber les filles dans ses bras. De temps en temps, il se force à rendre visite à ses parents mais, leur préférant la compagnie des filles, il prétexte le manque d'argent pour payer le train. Le contact principal avec sa maison natale se résume à un sac de linge sale qu'il envoie tous les quinze jours à Kathy. Chaque fois qu'elle l'ouvre, elle se pince le nez, avale un verre de kirsch avant de trier le tout et d' envoyer les différentes pièces au trempage puis dans le lave-linge. Elle n'oserait pas confier ce sac immonde à la bonne : quelle opinion aurait-elle du fils du médecin ?

Jean, l'éternel raté selon Kathy, termine son Collège avec une année de retard. L'idée, émise de temps à autre par Edouard, qu'il pourrait essayer, en se donnant un peu de peine, de passer un baccalauréat, le plonge dans une mauvaise humeur qui dure des jours. Il est aussi sombre que Martin est insouciant, mais accepte d'essayer de voir combien de temps il tiendra au Collègue classique cantonal de Lausanne.

Lorsque Kathy découvre une corde habilement nouée en forme d'échelle, elle comprend que Jean file la nuit. Elle sait, par la rumeur, qu'il raconte des histoires abominables au village : il profite, le salopiot, du climat de méfiance qui s'est développé vis-à-vis des Allemands pour en dire pis que pendre sur Ulrike.

– Eh bêê, murmurent les langues de vipère, si Monsieur le Docteur a laissé élever ses enfants par la Boche à tête de crapaud, où va-t-on ? Voilà ce qui arrive quand on épouse une jeunesse !

Pour la première fois – Jean a dix-sept ans lors de la découverte de l'échelle en corde – Kathy décide de ne pas alerter Edouard. Quand il rentre de l'école, elle le félicite pour la qualité de son travail, lui offre de l'argent pour acheter son échelle. Jean accepte ce marché en serrant les dents. Il hait et sa haine est formée de sentiments qui s'entrelacent et l'embrouillent lui-même. Si la Prussienne l'a élevé en le persécutant, son amertume s'est reportée sur Katharina. Dans la situation de famille qui est la sienne, il lui manque l'instinct qui lui aurait permis d'évaluer les limites de son ennemie (laquelle?) et de l'emporter une fois au moins. En cachette, il lit «Vipère au poing»: ce veinard de Brasse-Bouillon n'a qu'une ennemie, sa mère. Elle a le sein sec et sent l'aigre. Lui en a deux: l'une est facile à haïr tandis que l'autre, en rapportant, a toujours armé les bras et les mains qui se sont abattus sur lui. Et sa jeune marâtre avec ses seins arrondis et parfumés, qu'il aperçoit en été chaque fois qu'elle se penche sur Katia, le trouble... c'est vrai qu'elle le trouble...

Lorsqu'il réalise qu'au Collègue classique cantonal on peut ne pas se montrer aux cours et partir se balader en ville, il décide de se payer du bon temps. Le seul avantage de la maison Gondebrœk c'est qu'on n'y sait pas compter. Une boîte en fer dissimulée, à cause des éventuelles indélicatesses de la bonne, dans le dressoir de la salle à manger contient l'argent du ménage. Jean, en rangeant la vaisselle, s'arrange pour prélever ni vu ni connu quelques francs, de manière à assurer ses flâneries lausannoises. Etre sur une terrasse de bistrot, allumer une cigarette en se commandant un café: la liberté commencerait-elle par là?

Puisque personne, qu'il s'agisse des professeurs ou des élèves, n'a l'air de se soucier de sa présence aux cours, pourquoi ne prendrait-il pas un vrai congé au lieu de ces quelques heures grappillées de temps à autre? Deux semaines par exemple. Deux semaines pour découvrir la ville de haut en bas, aller faire du pédalo à Ouchy ou du canotage sur le petit lac de Sauvabelin. Belle période pour lui: il respire la liberté à pleins poumons, il a même l'impression d'en avoir le goût sur la langue. Le temps est d'une douceur de rêve. Il aime la lumière bleutée du Léman et ces montagnes sur l'autre rive, leur rudesse atténuée par la brume. C'est la fin avril, toutes fleurs dehors, alors pourquoi s'enquiquinerait-il à suivre des cours qui ne présentent aucun intérêt pour lui? Si la liberté le soûle, la solitude à la longue se fait pesante. Comment aborder une fille? Il se sent si gauche dans ses pantalons récupérés des paternels par une couturière pleine de bonne volonté... Pour un petit péquenot comme lui, il ne reste que les femmes payantes mais il manque de blé... il se promet une nouvelle flânerie: il mettra plus d'argent piqué de côté et alors... alors il ira dans les ruelles obscures, là où elles tapinent.

Lassé de la lumière du lac, il pousse ses pas jusque vers ces rues, pour voir... un petit repérage avant le jour où il devra en aborder une, puis la suivre, puis se déshabiller...

Il espère qu'en pénétrant la fille il sera enfin délivré de l'attirance qu'il éprouve pour...

Sa marâtre?

Il se hait de la désirer. Il la hait d'être si désirable.

Pour justifier son absence, il vole une ordonnance à son père et, tout en imitant fort bien l'écriture paternelle, il déclare que son fils a été incapable de se rendre aux cours pendant deux semaines pour cause d'*engine*.

En lisant ce certificat, le Directeur téléphone au Docteur Gondebrœk qui lui répond que l'état de santé de son fils est bon, il a même eu l'impression, ces deux dernières semaines, qu'il prenait enfin goût aux études. L'*engine* se transforme en pot-aux-roses et justifie le renvoi immédiat du Collègue. Le Docteur comprendra.

Le même soir, à son retour, Jean ne reçoit pas de gifle. Le fils a la même taille que le père, maintenant. Mais il est invité à se présenter dans le bureau paternel et s'entend dire :

– Petit imbécile et illettré en plus, si tu avais un brin d'intelligence tu aurais au moins eu l'idée d'ouvrir un dictionnaire. Puisque tu ne veux pas comprendre où est ton bien, tu iras gagner ta vie. Je te laisse une dernière chance : tu suivras les cours d'une école de secrétariat, tu y apprendras la sténographie, la dactylographie, on te montrera comment faire des comptes. Au bout de six mois, tu auras un diplôme de secrétaire-comptable et fais bien attention : le Directeur a reçu l'ordre de me signaler tes absences. Si tu venais à tomber malade, c'est moi qui lui téléphonerais. Si tu échoues, tu iras gagner ta vie comme manœuvre sur un chantier. J'ai dit.

Jean est soulagé : il va bientôt quitter la trappe familiale.

Enfin.

Il ne verra plus Katharina surtout.

Plus que six mois à tirer.

Puis il recevra son premier salaire. Il sera secrétaire comme ses tantes mais il est sûr qu'il s'en tirera mieux qu'elles. Il les adore, ces deux petites souris tellement timides qu'elles sont encore célibataires à leur âge : toute leur vie, elles ont attendu que viennent à elles prétendants, succès, gloire...

Et quand il aura reçu sa première paie, il dira à ses vieux : maintenant que me voilà indépendant, je vous quitte, et avec quel soulagement, et ne comptez pas sur moi pour vous rendre visite.

Christine a choisi, après une scolarité médiocre, d'être nurse. Elle est gentille mais d'une mollesse telle que Katharina pense : encore une qui se fera exploiter. Comme moi. Cette constatation la soulage mais l'idée que l'innocence des petits la protégera du monde des adultes l'allège malgré tout.

Dans le fond, il n'y a que Boris qui brille à l'école. Il joue aussi remarquablement du piano. Son père se fâche chaque fois qu'il parle de jazz (que le gamin écoute clandestinement sur son poste à galène) : cette musique de sauvages est indigne des musiciens que tu interprètes si bien !

Un jeudi que ses parents sont partis à la pêche, Boris essaie de jouer des airs de jazz sur son piano. Ulrike arrive en trombe et rabat le couvercle : ça t'apprendra à désobéir à ton père. Surpris par la rapidité d'un geste qu'il ne pouvait imaginer, Boris n'a pas eu le temps de retirer ses mains. Il court les passer sous l'eau froide mais elles enflent malgré les compresses au vinaigre qu'Ulrike, qui a peur maintenant, applique avec beaucoup de sollicitude.

Au retour de ses parents, Boris raconte ce qui s'est passé. Ulrike a oublié de le menacer de représailles spéciales, ainsi qu'elle le faisait jadis avec Martin et Jean. Avec Boris, couvé par sa mère, elle a toujours été prudente, mais là, on dirait que sa nature s'est imposée avant qu'elle ait eu le temps de raisonner. Katharina retient ses larmes à la vue de ces mains si longues, si fines, rougies par la violence du coup, grossies par la meurtrissure, elles ressemblent à des tortues. La barbarie de sa mère lui fait peur : elle la sait méchante, mais aurait-elle une âme de tortionnaire ? Mais alors ce que Jean est allé raconter au village serait... ?

Edouard passe les mains à la radioscopie, il n'y a rien de cassé, quelques jours d'immobilité, des compresses, une pommade et tout redeviendra normal et, regardant pour la première fois sa belle-mère dans les yeux : si vous recommencez, vous pourrez aller faire vos dégâts en Allemagne.

– Ah non ! Vous ne me priverez pas de Katia, crie Ulrike.

Comment interpréter ce cri, si proche d'un hurlement de bête ? Katharina est perplexe : et si sa mère lui avait volé sa fille ?

Le hasard, à nouveau, s'interpose : curieux comme il pèse lourd dans les moments importants. Avec le recul des années, on dirait que tout a été arrangé par un scénariste invisible, pense Katharina.

Gudrun, la sœur d'Ulrike, écrit d'Allemagne que grâce à son trafic de carpes pendant la guerre, elle sait deux ou trois choses de Christof. Elle ne veut pas mettre cela par écrit, elle préfère venir trouver Ulrike.

Des protestations accompagnent l'arrivée de

Gudrun : qui parle encore l'allemand dans cette maison ? Les murs ? Boris en a bien quelques notions mais il est incapable de converser avec elle ; Katia, qui n'a que sept ans, bredouille un peu la langue de Gœthe, *das ist ironisch gemeint*! On voit qu'elle a été élevée par Ulrike : a-t-on travaillé à séparer les familles ? N'est-il pas scandaleux qu'une grand-tante ne puisse communiquer avec ses petits-neveux ?

Ulrike lui ordonne de se taire : pendant la guerre, on ne pouvait pas parler allemand, ensuite on a oublié l'idiome pour éviter de séparer la famille en deux : d'un côté il y aurait eu les enfants de Jeanne qui ne savaient que le français et de l'autre ceux de Kathy qui auraient eu l'allemand en plus ! Beau terrain pour développer toutes ces jalousies qui vous minent une famille !

Gudrun ricane : la sensiblerie soudaine de sa sœur la surprend, elle se souvenait d'une femme plutôt dure ! Qu'elle apprenne donc que son fils adoré s'est immergé dans les horreurs de la guerre. Il s'en raconte sur le doux et obéissant Christof ! Il se serait fait happer par la cruauté, ce long jeune homme serait recherché comme criminel de guerre, il aurait fui du côté de l'Amérique latine, on le dit en Argentine ou au Pérou, peut-être en Colombie, voilà pourquoi il n'est jamais revenu de nulle part, oh non, ce n'est pas du gros gibier, il n'était pas assez important dans la hiérarchie pour mériter un passage à Nuremberg, il faisait plutôt partie des piranhas. On raconte qu'il avait le chic pour détrousser les civils et les tuer aussi, il aurait raffolé de petites représailles qui se terminaient en massacres de populations civiles, il aurait fait ça en Russie, en Belgique, en France.

Alors, pense Ulrike, c'était à cause de ça, ces lettres obligées et sans contenu qui ne ressemblaient pas à celles qu'un soldat adresse à sa mère... Elle avait deviné qu'il avait acquis une autonomie totale mais pouvait-elle, comme beaucoup d'Allemands d'ailleurs, imaginer cette plongée dans un univers de monstruosités inconnues jusqu'alors ? Dans quel système avait-il été pris pour renier tout ce qu'on lui avait enseigné ? Qui l'avait perverti ainsi ? Pourquoi son père l'avait-il poussé à s'acoquiner avec ces SS de malheur ? Par vanité personnelle ou pour se protéger lui-même ?

Gudrun lui conseille d'aller éclaircir tout cela en Allemagne – il est temps qu'elle revoie son pays – et qu'elle emmène Boris : les vacances d'été viennent de commencer, il fera la connaissance des filles de Maria, les petites-filles de Maria – quelle idée de donner à la fille le nom de la mère ! –, le temps a passé pour tout le monde, elles ont un et deux ans de plus que lui, ça lui dégourdira la langue et il en profitera pour rencontrer son grand-père, il se porte bien ton ex-mari, l'alcool le conserve, il vit avec une femme aussi ivrogne que lui, depuis la guerre, les gens se sont mis à boire comme des trous, c'est l'influence de tous ces soldats américains, tu ne reconnaîtras plus ton pays... ce que tu peux apporter ? Du café, il est introuvable. Et puis du chocolat, bien sûr.

Ulrike cache à sa fille la vraie raison de son voyage : si tout ce qu'on raconte sur Christof s'avère exact, il ne faut pas qu'elle l'apprenne. Elle lui dira : comme beaucoup d'autres, il n'est pas revenu de la guerre, il appartient dorénavant à la catégorie des soldats inconnus. Ulrike veut laisser quelques illusions à sa fille. A son âge, elle peut se permettre de ne plus en avoir, mais pas Katharina.

Ulrike ignore encore qu'elle ne reverra plus jamais sa fille, ni Katia.

Au bout d'un mois et parce que grand-maman a encore tellement de choses à régler en Allemagne, Boris est reconduit à la frontière par Maria, la mère de Maria: elle conduisait sa Mercedes comme une folle, elle s'amusait à faire la course avec deux camions, chaque fois que l'un ou l'autre la dépassait, elle appuyait sur le champignon, ça énervait les chauffeurs. Cette mise aux enchères de la vitesse a bien failli nous envoyer tous dans le fossé, raconte Boris, ravi d'avoir fait la connaissance de cette famille allemande. Non, d'après ce que je sais, oncle Christof n'est toujours pas rentré de la guerre. Tout le monde a l'air triste, mais tu connais grand-maman, grâce à elle, il reviendra.

Katharina insiste auprès d'Edouard pour que les malles soient renvoyées à sa mère: elle est en Allemagne, qu'elle y reste, il y a si longtemps qu'elle nous empoisonne la vie, est-ce que tu te rends compte que cela fait trente-cinq ans que je la subis, que je m'écrase devant ses décisions par peur de ses colères? C'est une violente, ma mère, tu as vu ce qu'elle a fait à Boris? Cela peut paraître bizarre qu'une fille développe tant de hargne vis-à-vis de sa mère, mais il y a entre elle et nous tout ce qu'elle a raconté au village: que tu avais mis en scène la mort de ta première femme, que tu battais tes enfants, que tu me battais aussi. Il y a ce que nous savons et ce que nous ne saurons jamais. Même Katia, qu'elle adorait prétendait-elle, la craignait et, quand je lui ai annoncé que grand-maman resterait en Allemagne, elle a fait ouf ! puis a dit : mais alors qui c'est qui fera la tresse russe pour le dimanche et le Stollen pour Noël ?

Et moi qui attendais des larmes...

En même temps que les malles, expédiées chez Gudrun où, provisoirement, Ulrike s'est installée, Edouard envoie une lettre que Katharina contresigne.

Progressivement, le face-à-face Katharina-Edouard s'installe. Les années ont filé, aspirées par le vide et le plein: plein de la routine quotidienne – Edouard plus actif que jamais – vide de la vie rêvée par Katharina qui voit Boris grandir encore, le voilà qui veut fumer des cigarettes (ce que ses frères n'ont jamais osé faire à la maison), écouter du jazz à pleins tubes (Edouard ne proteste même plus) et sortir le soir (si Ulrike était encore là, cela se passerait autrement), il va danser, mon Dieu mon Boris m'échappe, la vie va me le bouffer. De rage, elle arrache le rideau de la chambre de Boris, celui avec l'oie en plein mouvement, de toute façon son fils est trop grand pour avoir une oie sur le rideau de sa chambre. Elle piétine cette pièce crochetée par Ulrike: et en plus, les oies sont habituées à être gavées et plumées, les sévices humains elles connaissent... puis jette ce petit chef-d'œuvre de l'art féminin sans que l'oie proteste.

Cette violence qu'elle exprime en pilant et déchirant le rideau de la chambre de Boris en contient d'autres: à ses frustrations de la nuit s'ajoute le choc causé par l'ingratitude des enfants d'Edouard qu'on ne voit plus – ou rarement cela revient au même – à la maison. Christine a disparu dans une secte, elle se trouve au Danemark, là où Dieu lui a dit d'aller, affirme-t-elle. Quelle secte ? Elle ignore, il y en a tellement et puis le nom est en danois. Ce qu'il y a de certain, c'est qu'elle n'écrit pas souvent. Martin vient quatre fois par année « dire bonjour à ses vieux », il a le culot de balancer cette expression devant son père qui ne réagit pas d'ailleurs : la jovialité du garçon lui fait oublier la cruauté du propos, prétend-il. Kathy, une fois de plus, ravale sa langue – curieux comme elle démange, parfois, on dirait qu'un bouquet d'orties s'y enracine –, plus il vieillit plus il devient mou, pense-t-elle. Jean a coupé les ponts. Quand elle a voulu lui envoyer un paquet contenant de la nourriture, il le lui a retourné avec cette inscription : *refusé, retour à l'expéditeur en port dû.*

D'Ulrike, Katharina reçoit des nouvelles par Gudrun. Après s'être brouillée avec sa sœur, Ulrike a été recueillie par Maria qui ne l'a pas supportée plus de quinze jours puis l'a placée dans une maison de retraite où elle a dressé tous les pensionnaires les uns contre les autres puis est partie d'une crise cardiaque le jour où les Russes sont entrés en Hongrie : elle était sur le point d'entamer une nouvelle dizaine, composée d'un huit et d'un zéro.

Gudrun, annonçant la nouvelle, a prétendu qu'elle n'avait pas supporté ces bruits de bottes, elle redoutait une nouvelle guerre alors que son fils n'était pas revenu de la précédente. Elle est morte de rage, a-t-elle conclu au téléphone.

Katharina ne pleure pas la mort de cette mère qui l'a opprimée. Elle achète des vêtements de deuil, part avec

Boris pour assister à l'enterrement. Les tambours revêtus de noir, émettant de longs sons lugubres, impressionnent fortement le jeune homme mais il se souviendra surtout du voyage de retour, quand Katharina s'assied dans le compartiment de première classe, s'étire, évacue un soupir interminable et dit: j'ai trente-huit ans mais ma vie ne fait que commencer.

Elle a dit ça même si Gudrun, profitant de la mort d'Ulrike, lui a glissé à l'oreille la vérité sur son frère.

Quel souvenir lui reste-t-il de Christof ?

Quand elle l'a vu pour la dernière fois, c'était au moment de son départ pour la Suisse. Il avait presque l'âge de Boris, assis en face d'elle à cet instant, Boris qui lui ressemble tellement et qui ne partira jamais à la guerre. Même si son pays lui manque, elle apprécie le versant neutre de la Suisse. Son frère s'est éloigné, effacé par le temps, annulé par la distance. Cependant, quand des jeux d'enfance surgissent dans sa mémoire, Christof est là, vivant dans sa conscience, et cela lui suffit. Les révélations de Gudrun ne l'ont pas atteinte. Sa tante cultive la même philosophie que sa mère: de la médisance avant toute chose. Et si un jour, improbable, Christof sonnait à sa porte, elle l'accueillerait sans arrière-pensée. Quel mal ce frère qui jouait à la marelle avec elle aurait-il pu faire ? Vue de sa maison entourée d'un grand verger et d'une haie, la guerre finalement ne subsiste que sous des formes mineures: les coupons de rationnement, les lignes de pommes de terre zigzaguant entre les arbres du verger, les enfants aux joues creuses que montraient les journaux illustrés et qui venaient se refaire une santé en Suisse, le reste n'est qu'une abstraction.

Qu'ai-je fait, se demande la vieille Katharina, qu'ai-je fait de cet âge qui tournait vers la quarantaine ?

Elle obtient le renvoi de Florence et prend sa place, sauf pour le nettoyage du cabinet médical qu'elle laisse à la bonne. Elle répond au téléphone, ouvre la porte aux malades, potasse des dictionnaires médicaux pour connaître le vocabulaire des maladies et des traitements.

Le contact avec les patients lui plaît ; elle approche la souffrance et lors des repas surgit enfin un vrai sujet de conversation avec Edouard. Boris aux études à Lausanne, Katia au collège, elle goûte particulièrement le tête-à-tête de midi quand Edouard lui parle de ses malades. Ce nouveau rôle la relie à cette existence dont Ulrike a toujours cherché à la protéger.

Même si Charlotte et Marlène persistent à annoncer leur visite chaque quinze jours, ce rituel l'encombre moins. Elle a plus d'assurance et sent même se développer vis-à-vis de ses belles-sœurs une agressivité qui se manifeste par des attaques perfides. Quand elle ose sortir sa langue de sa poche, elle s'amuse de la tête de Charlotte : je sais, dit-elle, je sais qu'on m'a souvent reproché de n'être ni intellectuelle, ni musicienne mais quelle femme de ce niveau-là se serait amusée à faire autant de confitures et à surveiller la qualité de selles d'enfants qui n'étaient pas à elle ? Charlotte, stupéfaite, en oublie les paroles vengeresses ruminées depuis des années surtout quand Kathy ajoute, avec un petit rire: « Ce qu'on m'a reproché surtout c'est d'avoir un mari et de ne pas porter de lunettes !» Cet éclat enfantin, aussi harmonieux que du cristal en train de se briser, désarme tout le monde.

Depuis que les enfants de Jeanne ont quitté la maison, Zélie et Rirette se font rares. A travers le filtre du non-dit, Katharina comprend tout même que Rirette a eu de gros ennuis; elle est attirée par les jeunes filles, ses élèves – ces jolies étrangères à qui elle enseigne la littérature française, ce qu'elle fait très bien d'ailleurs: c'est avec elle que Katharina a étudié Lamartine, Chateaubriand, Victor Hugo, Stendhal, et d'autres noms qu'elle a oubliés... tous ces livres dont le contenu s'est perdu, absorbé par les exigences de la maison et de ses habitants...Donc Rirette aurait fait de la prison. « Complot d'élèves riches qui ne savent pas qu'inventer pour se distraire » crie Charlotte. Puis, allumant une cigarette, elle hausse les épaules: « Les femmes professeurs sont souvent victimes de cabales ignominieuses de le part de jeunes filles qu'on gave d'un peu de culture avant de les envoyer au mariage. Elles sont jalouses naturellement de celles qui mènent leur vie sans homme.»

Forte de ses nouvelles fonctions, Katharina prend l'initiative d'inviter plus souvent Louis Dorner et sa femme. Le couple, qui sort beaucoup, apporte un air d'ailleurs et depuis qu'un poste de télévision est venu enrichir les soirées campagnardes, le vent du large passe par-dessus l'épaule du Jura et arrive jusque dans le salon des Gondebrœk. Il était temps, les films d'Edouard commençaient à ennuyer Kathy et grâce à cette boîte magique, l'esprit de répartie lui vient. Elle se sent moins mal à l'aise en compagnie. Elle a des réponses prémâchées, inspirées par ce nouveau moyen de diffusion de la parole alliée à l'image – elle s'étonne elle-même que tant de mots restent dans sa mémoire. Elle peut enfin parler avec Boris de ce Jean-Paul Sartre qu'il admire tant. Elle s'étonne tout de même que Simone de Beauvoir laisse courir son... enfin quand on s'aime... et puis quand elle apprend que de Beauvoir elle aussi... elle soupire : mon Dieu, il faut tellement aimer son mari pour supporter une telle chose... avec un autre, je ne comprends pas, je ne comprends pas. Boris sourit de son étonnement. Elle, irritée : « Vieux jeu, c'est ça, tu veux dire que je suis vieux jeu, mais je préfère la propreté morale à ce genre de modernisme... »

Une fois, pour s'amuser, elle essaie de boire autant que Simone Dorner. Un état heureux s'empare d'elle. Désentravée, elle risque des plaisanteries, on dirait que le vin lui donne la parole. Jusqu'alors, elle ignorait sa capacité à supporter autant de vin – un cru bien arrondi ne fait jamais de mal, affirme régulièrement Louis Dorner, et ta cave, mon cher Edouard, est exceptionnelle. Elle réalise alors qu'elle pourrait, dans les jours pesants, se payer un peu de gaieté artificielle. Quel mal y aurait-il ? Parce que si elle se sent plus proche de son mari, les ronflements nocturnes se transforment en vrombissements. Et puis, on dirait que «la chose» n'intéresse plus Edouard alors qu'au début de leur mariage, quand elle n'y comprenait rien, il en aurait voulu toutes les nuits.

Pour être à la hauteur de Boris, elle décide de se remettre à lire. Pourquoi faut-il qu'elle tombe d'emblée sur «Madame Bovary»? Elle aurait pu relire Chateaubriand ou découvrir enfin cette biographie en douze volumes de Napoléon dont Edouard est féru alors qu'en dévorant «Madame Bovary», elle sent la révolte monter en elle: comment ce Flaubert a-t-il pu deviner un siècle plus tôt ce qu'elle, Katharina Gondebrœk, allait éprouver et continuait à subir? Il aurait fallu le brûler, cet écrivain vicieux, et faire disparaître ce livre malfaisant qui met en forme son malheur, le lui fait revivre dans sa chair... Maintenant, elle se lèvera chaque matin tout en sachant qu'elle dort aux côtés d'un *Charbovari* sans avoir toutefois le culot d'Emma – dont elle se sent proche, même si elle la trouve mauvaise mère.

Elle, Katharina, est mère jusqu'à la moelle. A cause de cela, elle n'aurait pas osé prendre tant de risques.

Depuis cette lecture – ou relecture, peut-être l'avait-elle déjà faite au pensionnat, mais trop jeune pour en saisir le sens profond, elle n'y avait vu qu'une histoire d'amour qui finit mal, ce qui confirmait la théorie d'Ulrike selon laquelle l'amour ne mène qu'à la mort, voilà pourquoi amour et réalité ne peuvent faire ménage commun – depuis qu'elle a ouvert «Madame Bovary» – dans le but innocent d'en parler ensuite avec Boris – elle sent le poids des mots peser sur sa vie et la ronger: toutes ces paroles dites, tues, celles qui tuent, celles qui ont été dites à d'autres et dont elle n'a jamais eu connaissance, elle les sent courir le long de son corps, remonter jusqu'à sa tête par la colonne vertébrale. Tout ce remue-méninges se bouscule à l'intérieur d'elle, la mènera à l'implosion. Il serait encore temps d'avouer, de s'avouer plutôt: j'ai raté ma vie, je pars... mais où irait-elle? Elle n'est plus allemande et ne se considère pas comme suisse. Et puis ce fameux serment de petite fille: protéger les enfants avant tout...

Si Boris a bientôt vingt ans, Katia n'en a que treize.

Katharina est mère, mère jusqu'à...

Alors, une fois de plus, elle avale sa langue. Tant pis si elle enfle à force d'être mordue.

Son baccalauréat passé, Boris s'inscrit en lettres. Il prend souvent le train pour l'Allemagne, ce qui ravit Katharina de sorte que, quand son père meurt deux ans après Ulrike, elle lui dit: puisque tu vas là-bas, passe à l'enterrement de ton grand-père, je n'ai pas le temps d'y aller.

Maria, fille de Maria, le voit déjà épousant l'une de ses filles, Jasmine ou Hilde, son mari est à la direction des chemins de fers allemands alors même si elles ne sont pas jolies – et même pas du tout jolies – elles auront de l'argent, le Deutschmark fait boom, belle revanche...

Katharina, pour Boris, préférerait Birgit (son père possède une chaîne de frigos en Allemagne), une jolie noiraude aux yeux bleus, vive d'esprit et qui rêve de s'installer en Suisse française. Elle a passé quelques étés chez les Gondebrœk, et Boris en a passé d'autres chez elle du temps du collège. Kathy l'aime beaucoup; ensemble, elles formeraient une particule d'Allemagne.

Mais Boris est réticent. Distant. Un jour qu'elle dit: mon frère qui était SS, il la reprend: on ne se vante pas d'une chose pareille. Pourquoi n'en aurait-elle pas le droit? La Suisse n'a pas connu la guerre, au nom de quoi les gens d'ici devraient-ils porter un jugement sur son frère ? Comment Christof aurait-il pu faire du mal, lui qui était la bonté même, lui qui faisait exprès de perdre au jeu pour ne pas attrister sa sœur...

Boris ne veut pas entendre parler de mariage : qu'on le laisse faire ses études en paix et qu'est-ce que les parents ont à voir dans l'avenir de leurs enfants ? Il mènera sa vie comme il l'entend. Kathy pleure : j'ai perdu mon pays, jamais, plus jamais je n'y retournerai et je ne me sens même pas suisse... si tu épouses une Allemande, je retrouverai un peu de ma patrie.

Boris part en claquant la porte et menace de faire comme ses frères : quitter la maison.

– Tes frères, ces ingrats et Christine ne vaut pas mieux ! crie Katharina.

– Ils ont peut-être leurs raisons et Christine aussi, répond Boris.

Elle regrette sa colère contre Boris, ce fils adulé, mais aussi pourquoi n'est-il plus ce petit garçon si sage, si blond, si frêle qu'elle promenait en voiture (depuis qu'elle a heurté une vache en conduisant, Edouard ne veut plus qu'elle prenne le volant à cause du qu'en-dira-t-on), ce Boris qu'elle photographiait à n'en plus finir et qu'elle a failli perdre lorsque Martin, l'étourdi – qui a abandonné la cuisine pour les régions hospitalières – est arrivé, perché sur un scooter, une Lambretta sauf erreur, Martin qui a pris son frère en aparté pour lui parler de filles, assurément, de quoi peuvent bien causer les garçons de cet âge ?

Après le repas, Martin invite Boris à s'asseoir sur son scooter: on ira jusqu'à l'hôpital, tu verras des fous de près, lance cette tête en l'air, on dirait qu'il prend la folie pour une curiosité touristique. Boris décline l'offre: il doit remettre un travail pour le lendemain, dernier délai, et selon sa bonne habitude, rien n'est commencé, il en a pour la nuit à bosser.

A quoi tient la vie?

Sur le chemin du retour, à un carrefour, un automobiliste coupe la priorité à Martin.

Il est mort sur le coup.

Si Boris avait été mieux organisé, il se serait trouvé sur le siège du passager.

Katharina ne se rappelle plus quel sentiment l'a emporté: le choc du décès brutal de Martin ou l'angoisse de ce qui aurait pu arriver à Boris... Avec les années, elle a oublié. Elle sait qu'Edouard a reçu un téléphone de la gendarmerie l'invitant à venir identifier le corps de *Gondebrœk Martin-Edouard*, ce langage administratif en plein drame a intensifié sa douleur, comme si, pour les gendarmes, la mort d'un fils se bornait juste à la radiation, au moyen d'une règle et d'une plume, d'un nom sur le Grand Livre de la vie. Ensuite, il y a eu les busards d'une entreprise de pompes funèbres qui ont fondu sur un Edouard muet de stupeur, lui refilant un cercueil en chêne, un linceul en satin de soie avec coussinet assorti alors que Martin allait être incinéré...

Pour la cérémonie funèbre, Rirette arrive en tailleur bleu clair avec une capeline assortie et lance plaisanterie sur plaisanterie, comme si elle assistait à un mariage...

voit-elle au moins qu'il s'agit des épousailles de Martin avec la mort ?

Quinze ans plus tard, Katharina apprendra que, juste après le service funèbre, Micheline, la fille d'André, révélait à Boris que l'année passée par Martin chez ses parents avait été un calvaire pour elle. A peine installé dans la famille – après le viol manqué de Christine – Martin lui avait sauté dessus, comme un coq sur une poule, cela s'était passé la nuit alors qu'elle se relevait, selon son habitude, pour aller aux toilettes. Il avait quinze ans, elle dix-huit. Elle n'avait pas crié, elle avait eu peur de réveiller ses parents et surtout qu'ils s'imaginent qu'elle avait provoqué son cousin. Après cette agression nocturne, elle n'avait plus osé sortir de sa chambre la nuit, préférant se priver de sommeil et attendre le matin. Elle fermait sa porte à clé, ses volets et ses fenêtres. Un peu plus tard, elle a demandé à ses parents d'aller poursuivre ses études de musique à Vienne.

Elle n'est pas morte de cette brutalité. Sa vie maintenant se confond avec la musique mais à trente ans, elle a peur des hommes, on ne guérit pas si facilement de ce genre de terreur. Ce qui lui pèse le plus, c'est le silence. Sans la musique, que serait devenue ma vie ? Pourquoi est-ce que j'assiste aux obsèques de mon... bourreau... avec le recul, ce mot n'est-il pas trop fort pour un jeune homme ordinaire incapable de se contrôler – peut-être ne lui a-t-on rien appris à ce sujet, après tout... Le pas que je n'arrive pas à franchir pour mener une vie normale ? Ma peur bien réelle des hommes...

Pourquoi suis-je ici ? Je passe, comme tout le monde sur cette terre, et je te confie ce secret, cette honte qui m'englue... que tout cela sorte de son tiroir une bonne fois.

Psychiatre ?

Tu me conseilles d'aller voir un psychiatre ? Il me dira que c'est mon inconsciente envie de pénis qui a suscité un désir irrépressible chez Martin ! Les psychiatres sont des hommes qui défendent leur territoire avant tout... j'aurais voulu une vraie explication avec Martin, mais il était totalement irresponsable, je crois.

Katharina ne pourra jamais communiquer à Edouard l'erreur monumentale qu'il avait commise en déplaçant Martin; en sa qualité de médecin il aurait pu consulter un confrère au lieu d'évacuer le problème à deux pattes hors de la maison. Elle ne lui dira jamais cela parce qu'à ce moment-là plus un mot ne sortira de la bouche d'Edouard. Elle ne connaîtra jamais, d'ailleurs, le sens des grognements émis: approbation, désapprobation, peur de la mort, désir d'en finir... Malgré tous les soins dont elle l'entourera, Edouard sur son radeau-solitude dérivera vers la mort lentement et cela durera des années.

Ce souvenir lui arrache des larmes: l'impuissance humaine l'irrite.

Même impuissance devant la mort de Boris.

A l'enterrement de Martin, succède, trois mois plus tard, le mariage à la sauvette de Jean. Qui a tout de même fait le déplacement – après des années de silence total – pour venir leur présenter sa future femme: dix ans de plus que lui, enceinte et déjà divorcée... pas d'enfant de ce premier naufrage, elle a plus de chance que moi, pense Katharina qui se retrouve avec une belle-fille de sept ans sa cadette ! La vie a de l'humour parfois et puis cette femme est mon contraire, elle a déjà vécu, ça se voit au visage, elle boit son verre et fume comme une cheminée, pas bon pour l'enfant tout ça... malgré tout, elle s'est laissée prendre comme une oie blanche... et avec Jean en plus... si elle savait ce qui l'attend.

Pour le repas, Katharina a sorti tout son savoir-faire: poisson de rivière en entrée, rosbif ensuite, le tout accompagné d'une débâcle de nouilles, de salades de pommes de terre et concombre, de riz, de petits pois, de laitue, de choux, rouge et blanc. Elle voudrait que Marianne se laisse servir sur la même assiette tous les mets qui sont sur la table. Mais Marianne ose répondre: j'ai été éduquée en France – sauf les années de guerre que j'ai passées chez mes grands-parents à Montreux – alors je n'ai pas l'habitude d'une telle invasion de nourritures d'un seul coup, manger de la salade de pommes de terre et des nouilles... permettez-moi de savourer une chose après l'autre...

Katharina ne dit rien mais sent monter en elle la rancœur des vaincus: une Française renie la cuisine transmise par sa mère... Elle profite d'une courte absence de Jean (quand Marianne racontera l'anecdote plus tard, elle dira: *pendant que Jean allait pisser, elle en a profité pour...)* pour regarder cette future belle-fille – qui pourrait être sa sœur cadette – dans les yeux et, de son rire de petite fille virant au ricanement, elle dit:

– Vous avez un sacré courage d'épouser Jean !

– Et moi je trouve que j'ai beaucoup de chance, il a tellement d'esprit. Avec lui la vie est un éclat de rires...

C'est le teigneux qui lui a soufflé la réponse, pense Katharina.

Après leur départ, elle confie à Boris: « Pas très gâtée par la nature cette Marianne, ni blonde, ni brune, ni grande, ni petite, ni jolie, ni laide, elle a une voix d'homme, une dentition de cheval et des yeux sans couleur définie... Jean est fou d'épouser une femme plus âgée que lui, dans dix ans, il aura l'impressin de promener sa mère... »

– Il a peut-être besoin d'une mère, répond Boris.

Ce qu'il peut l'agacer quand il se met à « philosopher », c'est le nom qu'elle donne à ces moments où Boris, gonflé par ses lectures d'étudiant, se met à parler de la vie ! Le prétentieux, pense-t-elle, il aura droit aux discours quand il travaillera et aura des enfants, il verra alors que les choses sont plus compliquées que leur simple apparence. A vingt ans, ça croit tout savoir...pfui.

Pourtant, il faut bien appeler mariage l'union de Jean et de Marianne : ils se sont tout de même donné la peine d'aller apposer leur signature au bas d'un papier. Mais ce non-mariage met Edouard dans une rage folle, lui qui s'est fait confectionner un habit sur mesure pour la circonstance sans se douter un instant que Monsieur Jean et Madame Marianne ne jugeraient pas nécessaire de pousser leurs pieds jusqu'à l'église.

Katharina a hérité de sa mère, et de son père aussi, une indifférence totale vis-à-vis de la religion. Edouard a toujours proclamé que science et religion faisaient mauvais ménage. Cependant, l'un et l'autre tiennent aux cérémonies : un mariage sans bénédiction, un enfant qu'on ne baptise pas sont des attitudes inacceptables de le part de gens civilisés. Les pasteurs sont là pour présider aux rites et les rites pour marquer les moments importants de la vie. Cela rend l'agglomérat social cohérent, affirme Edouard, l'Eglise est à la société ce que la nappe brodée et la belle vaisselle sont à la table.

Lorsqu'il apprend que Jean n'invitera que ses copains pour boire des verres après la contrainte de l'Etat civil, Edouard se met dans une de ses fameuses colères de lâche, aurait dit Jean s'il l'avait vu à cet instant. Charlotte et Marlène qui passent par là ont de la peine à reconnaître leur frère, cet homme si peu bavard déverse un flot verbal pernicieux : Jean n'est qu'un saligaud, il a raté sa scolarité pour lui faire honte, à lui, Edouard, médecin honorablement connu et apprécié de ses patients, des patients qui se déplacent souvent de loin tant ses diagnostics sont réputés, ce garçon stupide n'a rien trouvé de mieux que d'engrosser une fille, il se comporte comme ces fils de paysans peu instruits qui montent la première venue à la sortie d'un bal et là, il pourrait en raconter bien d'autres, et des épicées, sur les mœurs bestiales de ces... de ces... et puis épouser une femme plus âgée et déjà ridée, en plus...

– Il a peut-être besoin d'une mère, coupe Charlotte.

Tiens, pense Katharina, mais c'est Boris qui lui a soufflé la réponse – à moins que ce soit l'inverse, elle en serait capable, la punaise, il doit s'en raconter lorsque Boris, Jean, Marianne, Charlotte et Marlène se retrouvent entre eux, voilà pourquoi les oreilles lui sonnent si souvent.

– Ton fils a compris avant toi que les salamalecs sans la foi ne sont que des simagrées ridicules. Il est moderne, il vit selon ses idées, il se moque de l'opinion des autres, c'est un luxe infiniment appréciable quand on pense aux momeries subies par les gens de ma génération: lectures de la Bible avant le dessert ou prières devant les soupes chaudes, ajoute Charlotte en tirant avec beaucoup d'élégance sur son fume-cigarette pour en extraire une longue bouffée.

Lorsque le premier enfant de Jean et de Marianne meurt quelques jours après sa naissance, Katharina et Edouard sonnent à la porte du jeune couple, en tenue de grand deuil, la mine décomposée, les larmes aux bords des yeux et la révolte plein la bouche: cette naissance devait les consoler, tous, de la mort de Martin...

– Il n’y aura pas d’enterrement, annonce Jean, nous avons laissé le corps à l’hôpital, il faut faire avancer la science...

Katharina sursaute: absorbée par la contemplation de quelques morceaux de sa vie, elle a oublié de manger. A l'heure où approche sa propre mort, elle voudrait connaître toutes ces paroles dites ou pensées et qui ne lui ont jamais été communiquées. Elle voudrait mais sait que la dislocation familiale les conservera dans l'ombre. Elle s'en ira avec tout ce non-dit qui stagne comme les brumes d'automne. L'un et l'autre entrent dans les os et vous glacent le corps.

Le soleil est de l'autre côté de la maison, elle peut relever la toile qui protège sa terrasse, fermer les parasols et laisser l'air entrer: une légère brise descend des collines à ce moment de la journée, il faut la laisser circuler.

Elle met à cuire, comme trop souvent maintenant, des nouilles, coupe une tomate qu'elle assaisonne d'un peu de sel. A-t-elle encore le goût et l'envie de cuisiner, le goût de vivre enfin?

Les jours progressent et s'entrelacent dans un écheveau qu'elle parvient difficilement à démêler, on dirait même que des chatons invisibles se sont plu à tout embrouiller.

Effet des anxiolytiques – le quatrième à cette heure – combinés à la bière puis au vin ? Elle rote, elle émet ce bruit qui soulage et valait aux enfants une réprimande s'ils le laissaient partir...

Seule, pour qui se surveillerait-elle ? Pour les anges... mais où sont-ils ? Si elle avait pu deviner leur présence, sa vie... que serait devenue sa vie ?

Retrouver le fil cohérent devient plus difficile, maintenant.

Ah ! si elle pouvait opter pour l'irréalité... définitivement.

Avec le temps, Boris est de plus en plus distant. Il a loué une mansarde à Lausanne pour travailler sereinement, dit-il, l'atmosphère à la maison est trop lourde des silences du père. De la vie lausannoise du fils, la mère ne sait que deux ou trois choses : Charlotte et Marlène l'inviteraient de temps en temps ; il irait parfois trouver Jean et sa femme. Elle n'a qu'une certitude cependant : il vient rarement à la maison, il doit, prétend-il, donner des leçons particulières s'il veut manger à sa faim ; si son père lui refilait un peu plus de fric il n'aurait pas besoin de recourir à des expédients pour compléter son viatique. A quoi Katharina répond que Papa déteste parler d'argent, il trouve cela mal élevé, personne ne peut forcer sa nature secrète et puis l'a-t-elle épousé pour ça ? Bien sûr que non et tu le sais bien... entre papa et moi c'est comme au premier jour.

Pourquoi n'a-t-elle jamais été capable de dire : nous nous aimons comme au premier jour de notre mariage ? Pour qui voulait-elle jouer les épouses comblées ?

Quel est le but de tout ce théâtre? L'a-t-elle seulement aimé?

A Boris elle envoie des colis de nourriture. Pour lui permettre d'économiser et lui donner envie de revoir un peu plus souvent la maison paternelle.

Son collège terminé, Katia s'est inscrite en classe de baccalauréat. Elle revient dormir chaque soir à la maison mais profite de toutes les occasions pour aller passer le week-end chez des camarades de classe. Katharina vérifie chaque fois que ces prétendues amies – elle ne devrait avoir qu'une amie: sa mère ! – ne se rasent pas chaque matin. Quand elle lui propose d'inviter ces jeunes filles à venir passer le dimanche à la campagne – quel bien elles se feraient, l'air est pur ici, il n'y a pas de bruit à part quelques discrètes sonnailles – Katia répond sans ménagement, à la manière d'Ulrike: c'est calme ici mais c'est sinistre; chez mes copines, on communique à table, les pères donnent leur avis. Chez nous, à part toi et tes émissions maison sur les confitures en pots, les méchancetés de tes belles-sœurs, l'ingratitude de Jean et la paresse de Christine, qui parle à table? La bouche cousue de papa mettrait mes camarades mal à l'aise. Comment est-ce que tu as pu passer ta vie avec un homme que ses enfants n'intéressent pas et pourquoi en a-t-il fait autant? Il est capable de gentillesse, je le sais, au village les gens n'arrêtent pas de me dire que j'ai un papa sympa comme tout, qui donne plein de bons conseils aux femmes, il pinçote même les joues des enfants... et moi je n'ai pas le souvenir qu'il m'ait pinçoté une seule fois les joues.

Ces paroles dites en même temps qu'un rayon de soleil sur un ciel d'orage illumine les cheveux blonds de Katia, ces mots assassins donnent une forme à son malaise. Des démangeaisons grignotent sa patience, sa langue est plus enflée que jamais. Elle n'est bien ni assise, ni debout. Plus la maison se vide, plus Katharina s'y sent à l'étroit, les murs la menacent d'écrasement... cette perception l'étonne elle-même: dans ce lieu pourtant elle y a mis sa patrie perdue... est-elle liée par le souvenir d'Ulrike ou par l'empreinte qu'elle y laisse chaque jour davantage ?

Contre son malaise, Edouard n'a que des médicaments à lui proposer: calmants, antidépresseurs, somnifères... demandez le programme ! Ils anesthésient le malêtre, au moins.

L'étau se resserre, tout l'oppresse et finit par l'écraser. Des mots, des phrases remontent du passé, lui donnent des nausées. Elle en veut à sa mère de l'avoir piégée, à ses enfants de la laisser seule avec Edouard qui s'emmure dans le silence, si ça continue, il ne parlera plus du tout, voilà pourquoi les enfants ont pris la clé des champs. Devrait-elle les désapprouver ?

Et quand Louis, le second enfant de Jean et Marianne naît, on ne prend même pas la peine de venir le leur présenter, pourtant Jean gagne bien sa vie maintenant, il est dans les affaires, cet arriviste a échangé son vélomoteur contre une voiture, il est entouré de copains qu'il arrose des moitiés de nuit... ce sac d'os a même réussi à s'empâter... on aura tout vu... malgré tout ce gamin têtu pourrait au moins venir montrer son fils, ce nouveau petit Gondebrœk. C'est par lui que ce nom, si étrange en ce pays, continuera à être transmis. Même si elle n'est pas la mère de Jean – et pour lui n'a jamais eu de geste de mère, murmure un écho vicieux, d'où vient-il, du rideau ou bien est-il tombé du plafond ? – il y a le père et un père reste un père.

Quand commence-t-elle à mélanger l'alcool aux médicaments ? Peut-être le jour où Katia, pleine de l'assurance de sa jeunesse et persuadée qu'elle se débrouillera mieux que sa mère, Katia confortablement installée sous le pêcher en fleurs – elle porte une robe rouge à pois blancs qui ressemble un peu à celle qu'Edouard lui avait achetée lors de leur voyage de noces – Katia qui est devenue une jolie fille, ôte ses lunettes de soleil, interrompt sa lecture du « Deuxième sexe » et lui dit : « A ta place, maman, chaque matin en me levant, je penserais : zut, j'ai raté ma vie ! »

Comment s'extasier devant la beauté rose mauve du pêcher quand on vous balance une phrase pareille l'année de vos quarante-sept ans ?

Qui l'aime ? Qui l'épargne ?

A-t-elle commencé le jour même ? Pas vraiment, non. Son souvenir est flou. A ce moment pourtant, elle est déjà consciente du ratage que la honte fait refouler tout au fond d'elle : on n'avoue pas une chose pareille alors qu'on prétend chanter la mélodie du bonheur, et les propos de Katia reçus en pleine figure l'aplatissent, l'avachissent. Elle qui a dû subir sa mère jusqu'à la nausée se fait démasquer par sa fille, une gamine de dix-huit ans... adulte déjà, tout va si vite désormais... enfant encore, elle ne gagne même pas sa vie...

Le corps de Katharina, resté beau jusqu'alors, grossit, gonfle; les traits de son visage se modifient, si ça continue, elle ressemblera à une paysanne. Elle se met à haïr la bonne femme qui se présente à elle chaque matin devant le miroir de la salle de bains; ce reflet détesté lui donne la force de ne boire qu'un café sans sucre pour le petit déjeuner, de collectionner les régimes alimentaires – elle fait des projets de menus: salades sans huile, viandes sans graisse, carottes à l'eau, épinards... Au milieu de la matinée, à force de courir dans la maison – elle n'a plus qu'une femme de ménage pour l'aider dans ses tâches – elle s'adjuge le droit de boire une bière puis de manger, tartines, fromage, saucisse, d'absorber une pilule rose et de s'enfiler une bière supplémentaire pour se sentir bien dans sa peau. Elle passe ses mains sur son ventre pour laisser entrer l'apaisement... et tant pis pour la ligne, pourquoi – pour qui – se priverait-elle du plaisir de manger? Mieux vaut une grosse heureuse qu'une maigre malheureuse. Avec les années, les femmes prennent du poids, normal, pas une n'échappe à l'âge, aurait dit Ulrike qui se serait moquée d'elle: jeune tu surpassais toutes les autres en beauté et tu voudrais que ça dure jusqu'à soixante ans? Plus tu grossis moins on verra tes rides, c'est que tu y arrives gentiment à cette cinquantaine qui t'amène aux portes de la vieillesse...

Sale morte. Pourquoi se rappelle-t-elle si brutalement, elle aurait besoin d'un peu d'espoir... espoir de quoi?

Qu'elle puisse rejouer sa vie peut-être?

En plein doute, Jasmine, la fille aînée de Maria fille de Maria, vient d'Allemagne passer deux semaines de vacances à la campagne. Plus Jasmine se déclare re-posée plus Katharina éprouve une fatigue pesante qui lui donne envie de mourir pour se reposer à son tour. Jasmine profite de ses vacances pour se confier à elle : elle parle de son mariage éclair, huit mois, un vrai désastre, avec Kurt, un beau garçon pourtant mais il s'allongeait sur elle, s'agitait d'une manière comique, puis s'allongeait à côté d'elle sans un seul de ces gestes décrits par les magazines féminins et qui te jettent contre le mur. Comme elle se sentait frustrée de ne pouvoir, à cause de la maladresse de Kurt, goûter à une chose qui lui semblait légitime, elle a consulté un psychiatre, entrepris une psychanalyse, mis en demeure son mari de l'amener sans tarder au plaisir, puis, devant la persistance de Kurt à se vider en elle, l'a quitté : son psychiatre estime que l'orgasme est essentiel à la bonne entente d'un couple. Il lui conseille même d'essayer – Jasmine a bien dit essayer – plusieurs hommes avant de songer à se remarier. Alors elle fait ses expériences, va beaucoup mieux, est moins souvent enrhumée, c'est beau deux corps frémissants de plaisir, du plaisir qui se nourrit de celui de l'autre, ajoute-t-elle en poussant un long soupir extasié. Ma parole, pense Katharina, on dirait qu'elle voit la Vierge à vingt centimètres. (Et si c'était ça le septième ciel ?)

Et Jasmine lui parle aussi de sa culpabilité d'Allemande. Autour d'elle, c'est le mutisme : ses parents, les parents de ses amis, personne ne veut entendre parler de la guerre, le passé c'est le passé, nous avons exécuté des ordres c'est tout, mais parfois elle a le sentiment, les jours de pluie surtout, que des âmes rôdent autour d'elle, elles veulent qu'on les sorte de l'oubli, qu'on leur rende justice. Que peut-elle faire sinon absorber la honte qui se tient près d'elle, pèse sur sa conscience ?

Quelle nécessité pousse Jasmine à confier des choses aussi intimes à une parente éloignée, une inconnue presque ? Du mutisme d'Edouard à l'exhibitionnisme de Jasmine, la vie ne la ménage pas ! Quant à cette soi-disant culpabilité, c'est pour penser différemment des deux Maria et puis elle lit trop de journaux de gauche... tiens, que se passerait-il si elle, Katharina, se mettait à revendiquer, auprès d'un Edouard écrasé de travail et qui lui paraît si vieux, un orgasme prescrit par un psychiatre ? Même si elle sait que l'acte amoureux ressemble peu aux quelques tâtements hâtifs dispensés par un Edouard pressé d'en finir – il ne sollicite plus rien depuis belle lurette d'ailleurs –, elle ignore tout ce qui semble plaire à Jasmine. Ces femmes de la nouvelle génération préfèrent s'abîmer dans des culpabilités élégantes plutôt que de sauvegarder la tradition, elles n'ont aucune patience en plus : laquelle épouserait un veuf de quinze ans son aîné avec trois enfants en bas âge ? Même si ce sacrifice lui a pesé dans l'ordinaire des jours, il a existé, personne, personne jamais ne pourra le nier.

Quel sacrifice, murmure une autre partie d'elle-même ? Tu les as livrés à ta mère ! Serait-ce cette voix de la conscience dont lui parlait le pasteur qui lui a enseigné le catéchisme ? Si c'est cela, il faut écraser, piétiner ce doute : elle s'est sacrifiée à cause de ces enfants, elle a laissé sa jeunesse s'engloutir dans cette maison.

Au lieu de s'abreuver aux rêves d'antan, des rêves pleins de Graf von Z., de baisers d'amour annulant la médiocrité de ses jours, au lieu de ronronner au rythmne du quotidien édouardien, elle se laisse prendre par l'amertume ; au lieu d'avaler une fois de plus sa langue, elle la sort de sa poche.

Un peu. Juste un peu.

En attaquant Edouard.

Si possible devant témoins. Elle profite de la présence de Katia, de celle de Boris qui, désormais, lorsqu'il veut bien venir jusqu'à la maison, est accompagné d'une fille ! Il y a Marie-France, beaucoup trop poudrée, puis Josette, qu'est-ce qu'elle a Josette ? Trop de cheveux, des boutons, pas de poitrine ? Jacqueline est bien trop petite et a les bras recouverts de poils, on dirait qu'elle sort de la forêt. Katharina prend aussi à témoins les Dorner et les inévitables Charlotte et Marlène qui continuent, malgré les années et leurs cheveux désormais blancs, à débarquer chaque quinze jours, bref toutes les fois qu'un interlocuteur – parfois c'est simplement un délégué médical qui vient proposer des nouveautés à Edouard et qu'elle invite à manger – se trouve à portée de voix, Katharina prépare des plans d'attaque contre celui qu'elle n'appelle plus que Papa en le coiffant d'une majuscule. Parle-t-on de spectacles ? Elle rit, ricane, traite les autres de veinards : ah si elle a souhaité aller au concert ou au théâtre, mais Papa était tellement occupé qu'il n'avait pas le temps de l'y emmener, tous les projets tournaient court, comme par exprès, ah tout ce qu'elle regrette ! Elle a la nostalgie de toute cette vie qu'elle aurait pu vivre ! Avec lui, elle n'est allée que quatre fois au théâtre, elle qui adore le théâtre ! Les voyages ? Ne parlons même pas de voyages ! A cause de sa fatigue, Papa a besoin de pêche à la ligne pour se reposer. Quel loisir ! Elle qui a rêvé – et rêve encore – de voyages, découvertes, explorations, doit se contenter de pêche en eaux calmes, très calmes... enfin, elle s'est faite à tout, elle à qui on n'a jamais demandé son avis... heureusement qu'elle avait un bon équilibre et même si l'âge la fait grossir, de ce côté-là, elle reste intacte... du moins pour l'instant...

Elle sait toujours s'arrêter à temps et quand elle voit Edouard prendre des airs excédés, elle pose sa main sur la sienne, dit: n'est-ce pas Papa que c'est vrai tout ce travail et tout le reste – sans se soucier de savoir si à cet instant elle ne déclenche pas, par son attitude, un certain malaise chez ceux qui l'écoutent – puis reprend son monologue: figurez-vous que Papa m'a offert un enregistreur pour que je puisse réécouter les concerts transmis par la radio, eh bien – elle pouffe avec une espèce de rage – c'est lui qui l'utilise! Je me demande même parfois pourquoi il s'est offert un enregistreur pour mon anniversaire!

Elle dépasse les bornes le jour où Boris lui présente Anne. Cette grande brune aux yeux bleus, aux cheveux longs frisés, qui se prétend artiste-peintre, l'irrite d'emblée surtout qu'à peine entrée dans la maison et par un geste identique à celui qu'elle aimait faire au même âge – pour narguer Ulrike qui ressemblait à un tonneau – Anne noue ses mains autour de sa taille. Katharina, que tout le monde désormais appelle Mamy, voit dans ce geste une provocation: Anne lui renvoie une image vieille de trente ans...

Boris, sa maigreur perdue, est un bel homme. Ses cheveux ont pris la couleur du blé mûr, ses yeux marron taillés en amande, brillent... on dirait... on dirait qu'il a trouvé le bonheur... mais ça n'existe pas il verra bien, la vie le broiera votre...

Cette constatation l'agace puis la trouble. Parce que non seulement Boris et Anne triomphent en face d'elle, mais ils reviennent d'un ailleurs dont elle avait toujours rêvé : la Grèce et ses îles, la Turquie, Istambul et Sainte-Sophie.

Elle hésite à s'en prendre à Anne de peur de perdre Boris. Elle dit, machinalement presque : « Ah ! Istambul et sa fameuse bibliothèque...». « Vous voulez parler de celle d'Alexandrie qui a brûlé il y a plusieurs siècles ?», répond Anne. Katharina rougit, elle se sent stupide devant sa future belle... devant cette donneuse de leçons, qu'elle envoie, en compagnie de Boris, s'asseoir au jardin, sous la tonnelle : elle viendra servir l'apéritif, non, elle n'a pas besoin d'aide, oui, le repas aura lieu à la salle à manger, Gachet Madame – ainsi nommée par tous dans le village parce que, depuis qu'on lui a installé le téléphone, elle répond, cramponnée à son appareil : « Gachet Madame » – a tout préparé, alors ce n'est pas compliqué d'apporter un plateau et quelques verres, non Papa ne viendra pas pour l'apéro, même si c'est dimanche, il se croit obligé de travailler, toute sa vie il a fait ça, ce n'est pas aujourd'hui qu'il va changer...

Elle ignore d'où provient l'agitation qui s'empare d'elle à ce moment. Est-ce le geste d'Anne ? Sa jeunesse retrouvée et pourtant révolue ? Est-ce la présence de ce jeune couple bien assorti en face d'elle... à l'origine de ce couple il y a elle, c'est bien cela, elle lui a fourni un élément tout de même... Est-ce bêtement un sentiment de malaise pour avoir confondu Istambul et Alexandrie ? Sa tête bourdonne, elle a envie de tout quitter, d'en finir avec cette vie qui n'en est pas une. En préparant l'apéritif, elle s'octroie une pilule supplémentaire qu'elle fait descendre avec une bière, parce que le valium lui dessèche la gorge. En attendant que le médicament fasse le tour de son corps et apaise toutes les tensions dissimulées depuis si longtemps jusque dans chaque cellule, elle fait un peu de rangement dans sa cuisine et quand elle parvient à la tonnelle avec son plateau elle a retrouvé son centre de gravité. Elle a oublié cette envie en elle, insistante parfois: se faire broyer par une énorme locomotive lancée à cent à l'heure.

Pendant l'apéritif, elle se plaint de ses vapeurs, de sa vie de sacrifices, du travail qui surcharge son mari, c'est bien sa faute il n'a jamais voulu se faire aider, alors à cause de son entêtement, les loisirs sont rares, elle aimerait partir loin et longtemps, comme Boris et Anne, quelle chance ils ont. A quoi a-t-elle droit en lieu et place ? Deux semaines au Tessin et même pas à l'hôtel, Papa n'aime que les endroits rustiques pour pêcher et quand il loue un appartement il ne se soucie jamais de savoir s'il y a un peu de confort moderne alors à chaque retour de vacances elle est crevée et quand les enfants étaient petits c'était pire encore: elle devait chauffer l'eau pour la vaisselle et les toilettes: pour Papa les truites de rivière ont plus d'importance que ma santé !

Elle déverse ce trop-plein de mots, sent remonter de vieux griefs en même temps qu'un soulagement. Elle parle. On l'écoute.

Pourquoi a-t-il fallu que tout dérape pendant le repas, au moment précis où, prenant la main d'Edouard, elle avoue en riant, avec un air de gamine heureuse de faire une bonne farce : je me suis un peu plainte de l'inconfort de mes dernières vacances, de toute la fatigue que ta notion de repos implique pour moi et puis, tiens, ce matin j'ai rencontré Madame Decker, elle m'a dit de te remercier pour la carte que tu lui as envoyée, elle te trouve gentil d'avoir pensé à elle, tu envoies des cartes postales à tes patientes maintenant ? Hi, hi, tu ferais mieux de leur envoyer des notes d'honoraires pour que l'argent rentre, on pourrait loger dans un quatre étoiles avec rivière de pêche, comme les Dorner en Bavière !..

Décidément, ce valium supplémentaire fait mauvais ménage avec l'alcool – il y eu ces bières du matin, l'apéritif et maintenant le vin du repas – mais elle est aspirée par quelque chose qu'elle ne peut retenir. Elle perçoit l'agacement d'Edouard, malgré cela elle revient, d'une manière encore plus pesante, sur la carte postale, il en a écrit d'autres peut-être et puis est-ce qu'il ne pourrait pas aller chercher une bouteille de Pommard à la cave, une de celles qu'il se fait toujours une gloire d'offrir quand Louis Dorner est là, elle parie même qu'il n'a jamais remarqué que Simone descend ce Pommard comme elle sifflerait du sirop de menthe après dix heures de marche en montagne...

Edouard fait semblant de rire et dit :

– Katharina, j'aimerais que tu te calmes...

Il a prononcé son nom, Katharina, c'est un mélange harmonieux de consonnes et de voyelles avec trois a et ce i, comme il sonne bien ce i entre le deuxième et le troisième a, une vraie petite musique et envoûtante avec ça, pourquoi ne va-t-il donc pas la chercher cette bouteille de Pommard pour fêter cette petite musique et pour saluer Anne, même s'il n'y a pas eu de fiançailles officielles, un père doit accueillir la fiancée de son fils, dommage qu'elle porte une robe vert amande tellement comique qu'on dirait une chemise de nuit, alors est-ce qu'il va la chercher cette bouteille de Pommard, oui ou non ?

– Katharina, est-ce que tu as bu ?

La voix d'Edouard, une voix tout en crispation et en menace, gronde dans la salle à manger.

Katharina ne répond pas. Elle continue à parler de la carte postale et du Pommard et de la fiancée. Elle sait qu'elle divague mais ne peut rien empêcher. Edouard lui demande une nouvelle fois si elle a bu. Et Katharina, incapable de répondre, parle à nouveau de la carte postale... alors Edouard se lève, jette sa serviette en travers de la table et part en claquant la porte.

Boris, resté muet pendant cet échange de paroles épineuses, se lève, dit : drôle de manière d'accueillir Anne, tu as tous les autres jours de la semaine pour faire des scènes à papa et tu choisis le moment précis où je vous la présente...Que pourrait-il bien faire encore dans une atmosphère aussi empoisonnée ?

Et Katharina, ne réalisant pas vraiment que Boris est sur le point de partir – et s'il ne remettait plus jamais les pieds à la maison ? – ne peut maîtriser un ricanement et dit :

– Tu ne sais pas tout...

Cette petite phrase, sortie d'elle, malgré elle, elle la considère comme un début de confession. Boris, qu'elle persiste à voir en petit garçon blond, doux, obéissant, va l'écouter, il saura enfin tout de sa vie passée dans l'attente. Attente de quoi? D'un retournement de situation? Vraiment? C'est plutôt de sa vie oubliée sur une voie de garage qu'il s'agit, de sa mère qui l'a poussée dans cette maison comme elle l'aurait précipitée dans un abri souterrain, d'un homme qui... mais que fais-tu Boris, tu pars et Anne aussi? Mon Dieu, qu'ai-je fait? Elle met sa main devant sa bouche: tu ne vas pas t'en aller comme ça et ma pointe d'aiguillette commandée spécialement chez le meilleur boucher pour...

Elle court derrière la voiture qui démarre:

– Vous ne voulez pas emporter un morceau de viande avec vous. Et moi qui avais fait une tresse pour vous la donner...

Boris et Anne partis, elle dit à haute voix: zut, on m'empêche même de me révolter! Elle se sert un grand verre de kirsch qu'un paysan a apporté au Docteur – il n'en boit pas de toute façon – puis s'allonge sur le canapé du salon en attendant qu'Edouard sorte de sa bouderie.

Bouderie à son âge? Il ferait mieux d'affronter la réalité!

On ne peut pas appeler sommeil l'instant qui a suivi: elle entend la femme de ménage aller et venir, débarrasser la table; Katharina est au-dessus de la matière. Son corps enfin pacifié la protège de l'extérieur, les bruits ne l'atteignent plus. Elle existe sans pesanteur, hors de la disharmonie du monde.

Ce jour-là, elle découvre qu'une double dose d'antidépresseur mélangée à de l'alcool la projette dans une autre dimension. Cette scène de vaudeville a mis sa solitude à nu. Ses enfants ne peuvent rien pour elle. Boris est amoureux, elle ne peut le nier – ah si Edouard avait pu la regarder avec cette même fougue que Boris fixant Anne elle aurait aussi été capable de lui renvoyer de ces clins d'œil complices ! Boris, installé dans cet amour, a besoin d'une mère simple, souriante et non d'une femme en crise. Et puis il admire tellement ce Jean-Paul Sartre qui dit... dit quoi ? L'important est ce que l'on fait de soi avec ce que les autres ont fait de vous... avec toute sa mentalité de ménagère peu entraînée aux choses de l'esprit, a-t-elle saisi juste au moins ? Boris ne peut-il la comprendre, elle qui s'est laissée manipuler par les autres ?

Et il faut qu'elle fasse cette constatation une année avant son cinquantième anniversaire ?

Si sa vie pouvait se dérouler à l'envers, comme la bobine d'un film, elle la ferait revenir à ce fameux jour de la Mobilisation générale en Suisse : elle suivrait le Graf von Z. et tant pis pour ses scrupules vis-à-vis de ce début de vie germant en elle, Boris se serait accommodé de la situation. Les enfants poussés pendant les années de guerre ont dû se faire à tout. Et puis, non, si elle pouvait, elle ferait reculer la bobine jusqu'au moment où sa mère la persuade d'épouser Edouard : elle ne céderait pas à la pression d'Ulrike et encore moins au chantage d'Edouard. Elle aurait eu d'autres enfants avec un autre homme, tout aurait été plus simple, plus sain si on l'avait laissée choisir.

Et puis, pourquoi aurait-elle dû avoir des enfants forcément... fatalement ?

Ainsi sa jeunesse est finie, sa beauté n'est plus qu'un souvenir photographique, la famille est disloquée : une trace de Martin subsiste sous forme de photo encadrée d'un ruban noir. Jean n'est venu qu'une seule fois leur présenter Louis – il avait trois ans alors et en a cinq ans maintenant – et leur fait annoncer, par Charlotte et Marlène, son départ pour la Provence avec femme et enfant. Les milieux du courtage et de l'argent vite gagné l'écœurent : il veut retourner à la nature, manger du pain pétri à la main, des légumes poussés naturellement, boire le lait d'une chèvre qui vient offrir sa tête pour recevoir une caresse avant de se faire traire, car quel sens a la vie si on n'est plus qu'un consommateur hébété ? Voilà ce qu'il lui a dit avant de s'en aller. Mais qu'est-ce qu'ils ont tous, ces jeunes, à vouloir trouver un sens à la vie ? Lui en a-t-on laissé le temps à elle ? Et Marianne, celle belle-fille de sept ans sa cadette, marche dans cette « quête de la pureté », non mais écoutez-moi ça... Et l'enfant ? Est-il sûr de pouvoir donner à manger au petit jusqu'à ce qu'il puisse gagner sa vie au moins ? Marianne et Jean font confiance à la générosité de la nature, ils ont assez d'argent pour acheter un petit mas qu'ils retaperont de leurs mains. Ils cultiveront leurs légumes et leurs fruits, ne mangeront plus de viande, soyons confiants, notre mère la Terre nous nourrit depuis des siècles, la société de consommation, qui nous plonge tous dans l'idiotie, nous l'a fait oublier.

Christine évangélise en Afrique. Elle donne des nouvelles deux ou trois fois par année. Elle dit soigner des bébés, christianiser les païens. Et quand elle a des congés, elle se repose parmi les frères et sœurs de sa secte. Elle fait rarement l'aumône d'une visite à ses parents à qui elle reproche sans doute de ne pas avoir fait d'efforts pour trouver Dieu.

Katia est à Genève. Elle veut devenir interprète. Elle vient rarement trouver ses parents – décidément, ces ex-morveux désertent la maison de leur enfance, comme s'ils voulaient éviter d'y retrouver des souvenirs. Est-elle à ce point pleine de cauchemars ?

Katharina se fâche le jour où elle apprend que Katia est une adepte de cette fameuse pilule contraceptive dont parlent tous les journaux.

– En tout cas, ce n'est pas l'amour qui aura abîmé mon corps, dit Katharina avec hargne.

– Maman, quand c'est bien fait, ça embellit !

Est-ce que cette gamine de vingt ans réalise le supplice qu'elle impose à sa mère ? Ainsi Katia profite d'une chose qui lui a toujours été interdite, à elle Katharina, parce qu'elle n'avait pu en parler avec personne, parce qu'elle avait peur de tomber enceinte... être prise, disait-on, d'une grossesse indésirée, comme s'il s'agissait d'un piège. Sait-elle cela au moins cette petite... cette petite...

Katia, sans le moindre signe de compréhension pour sa mère – elle vit avec son temps, lit Simone de Beauvoir et Betty Friedan en version originale – lui assène cette phrase, comme une encyclique papale: « Maman, on ne naît pas femme, on le devient ! »

Alors puisque l'espoir lui est interdit, puisque la solitude semble être son lot quotidien, pourquoi ne pas plonger plus souvent dans un de ces états comme celui qu'elle vient de vivre ? Cette absence au monde lui plaît. Ce mélange découvert fortuitement absorbe son grand malaise, engourdit sa douleur, rend sa vie plus supportable. Elle tire du plaisir de son corps au moins. Se priver de cet état de béatitude au nom de quoi ?

Pour qui ? Ses enfants ne se soucient pas d'elle. Son mari ne la regarde même plus... Aujourd'hui, après tout, elle n'a fait que rappeler sa présence. Un peu bruyamment, parce que personne n'a l'habitude de parler haut dans cette maison où tout se tait, s'est tu et se taira.

Quelques heures plus tard, Edouard, revenant prendre sa place au salon – à cause de la télévision, pense-t-elle -, ne fait aucun commentaire. Il ne demande même pas où se trouvent Boris et Anne.

Cette attitude n'étonne plus Katharina. Cela signifie qu'elle s'est habituée à tout.

Si le silence d'Edouard évite des questions qui pourraient la gêner, il la pousse davantage au fond de la solitude. Tout ce qui aurait dû être dit et qui ne l'est pas s'agglutine autour de son corps, l'oppresse, la projette – elle s'en rend compte chaque jour un peu plus – vers un lieu inconnu, d'une couleur uniformément gris foncé : est-ce l'absence d'espoir ou la mort qui se fait ainsi voir ?

Si c'est la mort qui commence sa danse, elle ne vient pas pour Katharina: elle pose le pied dans la maison pour avertir Edouard que cet âge de soixante-quatre ans, qu'il n'a cessé de redouter depuis le départ de sa mère, cet âge est là: il l'a lui-même inscrit dans sa tête comme étant celui de sa mort.

La première attaque a lieu en mars 68, un mois avant qu'il entre dans sa soixante-cinquième année.

Les enfants accourent au chevet d'Edouard: même Jean est revenu de France, même Christine, qui se reposait au Danemark avant de repartir pour l'Afrique lui rend visite à l'hôpital. Katharina se fâche: faut-il que votre père qui a tant travaillé pour vous en soit à ces derniers moments pour que vous veniez le voir enfin? Jean répond qu'on l'a tellement poussé de côté qu'il se sent à peine le fils d'Edouard Gondebrœk. Maintenant qu'il est parvenu grâce à la méditation à se détacher du temps de son enfance, il exige qu'on le respecte.

Katharina est affolée: si Edouard s'en sort, comment devra-t-elle se comporter pour se faire pardonner les heures méchantes, oui, c'est bien cela, elle a été odieuse... elle ignore ce qui se passait alors, les paroles arrivaient, galopaient dans sa tête, elle ne pouvait s'empêcher de placer son point de vue...quel point de vue? Elle ne s'est jamais senti le droit d'en émettre un, à cause de son mari plus âgé, à cause de sa mère, de Charlotte, Marlène, Zélie, Rirette, à cause... à cause de ce manque de confiance incrusté en elle, donc ce n'était pas pour le point de vue qu'elle attaquait; elle avait juste l'intention de donner mauvaise conscience à Edouard qui l'avait prise si jeune, si naïve... Qu'il se sente un peu responsable de sa vie terne, de son ennui...

Il se pourrait qu'il ne s'en sorte pas... mais alors vivra-t-elle assez longtemps pour effacer sa culpabilité?

Charlotte n'est pas tendre: «Si mon frère avait été mieux remarié, il n'aurait pas passé son temps à...

– A quoi?

– A s'imaginer qu'il allait mourir au même âge que notre mère, avoue que pour un médecin ça ne fait pas sérieux!»

Edouard repousse l'attaque de la mort; les lésions sont profondes, décide Katharina, irréversibles déclare le médecin. Elle sait qu'il ne marchera plus qu'avec peine, s'exprimera difficilement mais si son bras droit conserve suffisamment de mobilité, il pourrait se remettre à ses pinceaux, voilà longtemps qu'il ne nous a plus dessiné un champ de fleurs... enfin, il lui reste la télévision en attendant.

Attendant quoi?

Un nouvel assaut de la vieille chipie qui finit par tous nous avoir.

Une autre vie commence pour lui. Pour elle aussi.

Il est devenu un grand malade qui ne changera plus d'état, à moins... il y a les progrès de la science, nous lui avons toujours fait confiance, n'est-ce pas?

Lorsqu'il apprend que son père ne parlera quasiment plus, Jean dit: «Est-ce que cela changera vraiment quelque chose?» Katharina reçoit cette phrase comme une pointe en fer rouillée qu'on lui enfoncerait au bas de la colonne vertébrale et le fait prier par Boris de ne plus remettre les pieds à la maison.

Boris constate que si son père s'immergeait à ce point dans son travail c'était pour fuir sa famille et peut-être sa femme aussi... cet homme a toujours été mal dans sa peau, mal dans sa vie, voilà pourquoi il a été inexistant pour nous, ses enfants. Il nous a tellement ignorés que nous avons de la peine à voir en lui un homme avec des sentiments, des frustrations, des peurs, c'est étrange la vie tout de même.

Dès qu'il le peut, Edouard écrit sur une ardoise: ses patients ont besoin d'un médecin, trouver un remplaçant pour quelques mois, faire dire qu'il sera bientôt rétabli, il allégera son travail, engagera de l'aide qualifiée, pour le remplaçant, adresse-toi au Professeur B., c'est un ami, il forme des médecins, il te donnera le nom d'une personne compétente.

D'origine yougoslave, arrivé pendant la guerre avec un convoi de réfugiés en compagnie de sa mère, le médecin-remplaçant fait une drôle d'impression sur les villageois: Tchernanski, nom de Dieu mais c'est du russe, qu'est-ce qu'il a à venir jusque sur nos terres, ah c'est un Yougoslave alors c'est du pareil au même, on comprend ces pauvres gens, ils ont raison de fuir leur pays avec le régime qu'ils ont, ils devraient tous partir d'ailleurs, ça leur feraient les pieds à ces sales communistes !

Le docteur Tchernanski a suivi toutes ses écoles en Suisse, épousé une femme de la bonne société genevoise. Curieusement cette famille tellement chrétienne n'a pas accueilli avec beaucoup d'enthousiasme l'ex-petit réfugié yougoslave, peut-être parce qu'il n'avait pas de fortune : dans ces milieux-là on a souvent un porte-monnaie à la place du cœur, cependant, si l'âme calviniste de ces conservateurs est très compromise par notre époque de libération des mœurs, ils ont gardé un côté pète-sec très affirmé, explique-t-il en riant. Ma femme ? Elle vient d'ouvrir son cabinet médical à vingt kilomètres d'ici, non, nous ne travaillons pas ensemble, on ne mélange pas amour et boulot, et puis je ne veux pas m'installer maintenant, j'ai encore des choses à apprendre et envie de voir grandir mes enfants. Ma femme aussi d'ailleurs.

Les villageois s'habituent à prononcer le nom du remplaçant comme ils s'étaient habitués, trente et quelques années plus tôt, à prononcer celui de Gondebrœk.

S'il a le temps de manger, Katharina sert le repas de midi au remplaçant d'Edouard. Elle continue à ouvrir la porte aux malades, répondre au téléphone. Alors, quand arrivent les inévitables questions, elle affirme catégoriquement que son mari va très bien, il a eu des ennuis liés au surmenage, non Madame, on ne peut pas lui rendre visite, non Monsieur, vous ne lui serrerez pas la main il se repose et puis, à cause des microbes, on s'abstient de toucher la main d'une personne malade.

Quand les membres de la famille posent le pied dans la maison, elle met un doigt sur sa bouche: chut, Papa se repose, chut Papa dort.

Désormais tout se tait et se taira, sans espoir de parvenir à ouvrir la moindre brèche de silence.

Désormais toute l'organisation de la maison tourne autour de Papa qu'elle appelle aussi chéri, en accentuant le «é», en doublant le «i» et en le modulant comme une note de musique.

– Pauvre Papa, dit-elle un jour à Boris, il a donné sa vie pour les autres et moi qui ai été tellement, mais tellement méchante avec lui. Chut, non maintenant il ne dort pas, il est devant la télévision. Ce pauvre Papa, avec ces émeutes d'étudiants à Paris, il y a des grèves partout, il ne peut même plus regarder la France... Comment? Anne est en train de faire la Haute-Route, de Saas-Fee à Chamonix, eh mon Dieu! Toute une semaine entre trois mille et quatre mille mètres, mais c'est une excursion pour les hommes ça! Boris a beau lui répéter qu'Anne n'est pas seule, il y a des guides, elle s'est entraînée tout l'hiver, il y a aussi des femmes dans l'expédition, Katharina grince des dents, pince ses lèvres: elle aurait pu attendre, pour y aller, que Boris soit disponible...quand on s'aime, on fait tout ensemble. Boris rit: le ski de haute montagne ne l'intéresse pas!

Katharina sent que son âge lui donne le droit d'envoyer des flèches: ah! parce qu'elle fait ça sur des skis... Eh mon Dieu, on aura tout vu!

Quand Katharina n'en peut plus de se tenir pour responsable des ennuis de santé d'Edouard, elle se dirige vers le frigo, là où il y a de la bière bien fraîche, ou vers l'armoire à balais, là où elle cache sa provision de vin.

Depuis la maladie d'Edouard, sa consommation de médicaments et d'alcool s'est accrue. De toute façon, elle ne fait de mal à personne: son mari ne se rend pas compte qu'elle boit en cachette et puis elle a besoin de ça pour supporter son sort, ça l'aide à être gentille, ça camoufle son mal de vivre. Elle dissimule parce qu'elle ne veut pas que ses enfants la prennent pour une ivrogne, elle sait se contrôler, elle s'arrêtera quand elle le voudra mais pour l'instant, elle a besoin de cette bière qui décollera sa bouche asséchée par les médicaments.

Progressivement, Edouard se sent exclu du cercle des vivants. Quand il comprend qu'il n'exercera plus la médecine, ne conduira plus sa voiture, ne prendra plus de décisions importantes, il ravale les quelques mots qu'il parvenait à prononcer. La télévision ne le distrait plus, même si l'attitude énergique de Georges Pompidou lui permet de regarder à nouveau la France. Il dort mal. La nuit, il se relève pour se regarder dans le miroir de la salle de bains et pleure...

Passé, son temps est passé.

La couleur de son avenir ? Celle qui absorbe toutes les autres: le noir.

Katharina diagnostique une dépression et lui fait administrer des calmants puissants qui le rendent somnolent et annihilent cette volonté qu'il avait de faire quelques exercices physiques: chaque jour monter et descendre l'escalier, chaque jour marcher dans le jardin et ajouter quelques pas à ceux de la veille. Et quand

Katharina voit que l'angoisse a l'air de s'approcher à nouveau du corps d'Edouard, elle la chasse en doublant les doses tant pis s'il dort jusqu'à midi, homme qui dort n'est pas mort...

Si elle a envie de l'entendre rire, elle lui donne des euphorisants. Un rien l'amuse dans ces moments. Elle peut alors dire fièrement : voyez Papa ne parle plus mais il comprend tout, tout, tout, n'est-ce pas chérii ?

Désormais, c'est elle qui gère la maison. Elle doit à nouveau apprendre à conduire. C'est plus difficile que la première fois et puis toutes ces voitures qui débouchent, eh mon Dieu, comme les temps ont changé, enfin, elle est bien obligée de s'y remettre si elle veut mener Papa chez le médecin, ce serait ridicule, alors qu'il y a une voiture au garage, de payer chaque fois le taxi, heureusement que je n'ai pas besoin d'aller jusqu'à Lausanne, à mon âge, j'aurais peur de conduire toute seule dans une ville avec des sens interdits et des sens uniques à chaque coin de rue, on sait quand on y entre mais comment en ressortir est une autre affaire. Plus jeune, j'y allais sans problème mais maintenant que la vie a fait de moi une campagnarde indécrottable...

Ce rôle de décideuse, la cinquantaine venue, lui plaît. Elle ferme le cabinet médical quand le docteur Tchernanski met un terme à son remplacement : Papa est un grand malade, le va-et-vient des consultations le dérange et les gens viennent garer jusque sous les fenêtres de la cuisine, ils claquent les portières, on les entend marcher sur le gravier, ces pas rappellent inévitablement ceux du temps où Edouard Gondebrœk régnait sur la santé de la population du village et des environs.

Katia lui conseille de reconvertir le cabinet médical en petit appartement et de le louer meublé: cela ferait un petit revenu, la situation de la maison est excellente, loin du bruit, il y a tellement de célibataires qui recherchent des choses de ce genre, aujourd'hui, les gens ont des voitures, c'est facile. Non, non ma fille, répond Katharina, d'abord le médical a trop de portes et je veux mon intimité avec Papa, quand je me suis mariée la maison était pleine de monde. Et maintenant c'est moi qui décide, je sais ce qu'il y a à la banque et je suis comme lui, j'interdis qu'on parle d'argent, c'est malpropre, et puis j'ai été toute ma vie dans l'ombre. Dorénavant, c'est moi qui prends les initiatives. Je suis heureuse, très heureuse que Tchernanski s'en aille, sa femme est antipathique: l'autre jour, au téléphone, alors que je lui donnais des conseils pour élever ses enfants, elle m'a raccroché au nez. J'en ai pleuré. J'aimerais qu'on m'écoute, j'ai bien écouté les autres, moi.

Katia a beau dire: Maman fais attention, tu as tout juste cinquante ans, tu vas vivre autant d'années que ta mère, une fortune est vite mangée, fais au moins de bons placements, elle rit: pour ce que les enfants se soucient de nous, sans blâââgue... s'il le faut, nous mangerons la maison, nous la dévorerons pierre à pierre et nous en crèverons d'indigestion.

Le cabinet médical étant fermé, Katharina réalise que le contact avec l'extérieur est coupé. A la longue, ce n'est pas très stimulant d'avoir en face de soi quelqu'un qui dort beaucoup et bouge à peine.

Edouard sourit. Il manifeste aussi son contentement et sa reconnaissance en écrivant, lentement, des billets:

merci, oui, je vais bien. Lorsqu'elle lui dit: faut-il que je revende des actions et lesquelles pour compenser l'argent qui ne rentre plus? Il écrit: sais pas, oublié, demande au banquier...

Ne peut-il plus parler ou n'en a-t-il plus envie? Ce soupçon la trouble, devient certitude qu'elle refoule.

Alors pour satisfaire son besoin de parler, Katharina téléphone à Boris, Katia, Marlène ou Charlotte, parfois même à Rirette ou Zélie. Elle commence par demander si on va bien, s'il est arrivé du nouveau ces derniers temps, parce que chez elle, il ne se passe plus rien: Papa restera un grand malade, sa mère, Ulrike, était terrible et Papa l'a supportée pendant quatorze ans, heureusement qu'elle, Katharina, était équilibrée sinon comment aurait-elle fait pour digérer à la fois cette famille qu'on a greffée sur sa jeunesse et sa mère qui prolongeait son état d'enfance en ne lui laissant aucune initiative?

Ces appels téléphoniques – appels au secours – se multiplient tout en se ressemblant. Ils arrivent souvent aux moments les plus incongrus, chaque semaine, parfois tous les jours: comme elle s'ennuie, mon Dieu, elle aurait espéré une fin de vie plus agréable pour Papa...

Comme elle s'ennuie Katharina qui compose un numéro, n'importe lequel, celui de proches et moins proches. Elle appelle même les amis de ses enfants, des cousins éloignés qu'Edouard ne voulait pas fréquenter parce qu'ils n'avaient pas fait d'études, elle les trouve charmants, ces cousins, elle les invite même à manger, tant pis pour Papa, c'est elle qui décide et il n'y a pas d'âge pour commencer une vie sociale...

Boris tend une oreille distraite au long lamento maternel : patience, patience, elle n'a personne à qui parler, patience même si le disque se répète, ne se raie jamais quoique... il me semble qu'elle a la voix drôlement éraillée parfois, comme... mais non, elle parle trop et si elle se répète, c'est à cause de cette solitude imposée, elle n'a pas le tempérament pour ça, elle n'aurait jamais dû épouser mon père. Alors qu'est-ce que je peux faire pour elle à part lui servir d'oreille de temps en temps ? Je ne peux pas recoudre sa vie.

Katia accueille différemment ces katharinades : au lieu d'éloigner l'écouteur de son oreille, comme le fait Boris quand il est fatigué d'entendre ces propos qui tournent en rond, Katia remarque que sa mère est parfois incohérente, cela fait quelque temps qu'elle a des doutes et l'impression que ces répétitions, cette voix qui traîne, sont des signes d'ivresse. Quand on lui pose des questions précises, elle répond à côté, puis revient à ses histoires de pots de confiture, de mère abusive. Katia décide de ne pas accorder d'importance à cette chose qu'elle refuse de définir et qui est à venir peut-être. L'évidence se trouve ailleurs : Katharina est en train de sombrer dans la médisance tout terrain, comme sa mère Ulrike. « Ah, se plaint-elle, si j'avais au moins un peu de famille à moi, mon frère me manque terriblement maintenant, il ne me reste plus que cette cruche de Maria fille de Maria, elle n'a pas su avoir une vie harmonieuse comme moi, elle ne fait que travailler, elle n'a jamais de temps pour personne, ni pour ses filles, ni pour son mari. Quand fait-elle son ménage ? Et la cuisine ? Jasmine ? Non, elle n'est toujours pas remariée. Eh mon Dieu ! Je préfère taire tout ce que je sais sur elle. Hilde ? Elle fait sa médecine alors elle doit bûcher ferme, surtout qu'elle n'a jamais été particulièrement brillante à l'école. Les tantes ? Elles sont à la retraite, ces deux-là, oui, oui, elles viennent trouver leur frère, elles sont venues lundi et je leur ai fait un poulet à la broche, maintenent c'est moi qui vais les chercher à la gare, elles sont bien contentes que je sache conduire. En faisant du rangement, j'ai découvert que Papa avait passé un baccalauréat latin-mathématiques. Eh mon Dieu, comment l'imaginer fort en maths lui qui n'a jamais su compter ?».

La médisance, après tout, libère la langue, lui procure de l'exercie physique. Tout ce qui n'a pas pu être dit sort sous une autre forme.

Et quand elle ne médit pas vraiment, elle chasse des mots devant elle, pourvu qu'elle entende l'écho de sa voix. « Je viens pour la première fois de payer les impôts, avant c'est lui qui s'en occupait bien sûr et comme nous ne parlions jamais d'argent... pauvre Papa, c'est honteux tout ce qu'on lui demande, quelle honte, je n'aurais jamais cru qu'on puisse extraire autant d'argent d'un homme qui ne gagne plus sa vie. Non, je ne veux pas qu'on fête mes cinquante ans, avec la maladie de Papa ce serait trop triste...»

Au milieu de toute cette confusion, Christine annonce à Katharina sa conversion au catholicisme. Elle souhaite même prendre le voile et vivre cloîtrée. Le monde va très mal, il a besoin qu'on prie pour lui. Entrer au couvent, c'est vivre plus près de Dieu et envisager l'heure de sa mort comme un simple passage.

Katharina trouve beau qu'en ces temps matérialistes une jeune femme entre au couvent pour vivre plus intensément sa spiritualité, dit-elle à Boris, puis à Marlène puis à Katia, mais finalement, ajoute-t-elle, Christine a toujours été paresseuse: pendant qu'elle prie elle ne travaille pas, si elle avait été châtelaine, elle ne se serait pas intéressée à la religion! Et pourquoi prie-t-elle ou plutôt pour qui et pour quoi? Si c'est pour son père, les médicaments lui font plus d'effets mais peut-être prie-t-elle pour les petits Africains? c'est qu'elle en a vu des horreurs là-bas, elle m'a raconté deux ou trois choses...enfin si ses prières pour les petits Africains sont aussi efficaces que celles qu'elle fait pour son père, elle ne changera rien, s'il y avait un Dieu d'amour, il aurait épargné Papa...

Un jour, elle annonce à Katia, puis à Boris que Christine va pouvoir ajouter Charlotte dans ses prières, cette pauvre Charlotte, si agressive, si laide, doit se faire enlever un sein... je me demande bien ce qu'on pourra lui ôter, elle est plate, alors un sein de plus ou un sein de moins, on n'y verra rien du tout...

Pendant les siestes d'Edouard, Katharina va trouver Charlotte à l'hôpital. Elle a demandé à se faire soigner à Saint-P., là où son frère a beaucoup travaillé: Gondebrœk, ça leur dira quelque chose, ils s'occuperont mieux de moi, a-t-elle dit.

Katharina apprend que tout est trop tard pour Charlotte, il faut la laisser terminer sa vie, elle vacillera comme la chandelle d'une bougie.

Faut-il rapporter cette nouvelle à Edouard? Non, ne rien dire, cela risquerait de déclencher une crise d'angoisse puis une autre crise, celle qui arrête le cœur, il pourrait partir, le choc, tu comprends, dit-elle à Boris, Papa a toujours redouté la mort et s'il sait que sa plus jeune sœur est sur le point de s'en aller, eh mon Dieu, je n'ose pas y songer.

Charlotte, son regard tourné vers la mort, lui dit : non reste encore un peu Katharina, dans le fond, tu ne sais pas qui je suis alors puisque l'heure de vérité est là, il faut que tu le saches : ma vie a été un long martyre...

La voix de Charlotte, devenue rauque, hésite, repart... Katharina sent qu'elle va lui dire des choses choquantes, elle a toujours soupçonné sa belle-sœur de mener une double vie. Elle voudrait s'en aller, elle a beau dire qu'Edouard a besoin d'elle, rien n'y fait, Charlotte – comment l'a-t-elle deviné ? – lui répond : mais tu sais bien que Gachet Madame veille sur lui, alors écoute-moi. Elle avoue une vie de misère, il lui a fallu du temps pour comprendre qu'elle n'aimait pas les hommes, elle aurait voulu être embrassée par une femme et toucher le corps d'une femme, mettre ses épaules de maigre dans le giron d'un sein épanoui, mais à cause de ses parents d'abord – à cause de ce droit chemin qu'il fallait garder, on a fait de nous des larves avec ce droit chemin – à cause d'une timidité maladive aussi elle n'a jamais osé franchir le pas, donc elle a préféré classer tout cela sous le chapitre de ce qui se taisait et puis voilà maintenant les journaux...depuis Mai 68, on lit des choses folles, la sexualité s'étale. « Jouissez sans entrave »... comme la vie, ma vie aurait été différente si j'avais pu entendre ces mots quand j'avais vingt ans, au lieu de me faire bassiner les oreilles avec des histoires de péché... J'aurais su aussi qu'il ne fallait pas avoir honte de son corps, que la timidité pouvait se soigner, qu'un psychiatre pouvait vous...

Même si elle a désiré le corps d'une femme, elle a eu trop peur de mal faire pour passer à l'acte, elle a gâché sa vie à espérer dans la culpabilité une chose qui ne s'est pas réalisée... le désir, le simple désir la mettait dans des états...elle se brouillait avec toutes ses amies pour éviter de... et elle entraînait Marlène dans son isolement, c'est affreux elle le sait, mais sa sœur est sotte de s'être soumise ainsi...comme elle se sent stupide avec son petit problème d'existence, il est temps qu'elle meure, le plus beau jour de sa vie sera celui de sa mort, elle ne devrait pas dire cela, mais pourquoi se gênerait-elle, elle qui n'est plus qu'une vieille chose ridicule à force de n'avoir pas osé... Heureusement, dit-elle avec un faible sourire, les jeunes s'en tirent mieux. Anne a des idées contestataires plein la tête et Katia aussi. Elles me plaisent ces deux-là. Si une deuxième chance m'était donnée, je choisirais d'être l'une ou l'autre...

Katharina est bouleversée, cette confession lui fait perdre pied. Cette belle-sœur revêche cachait une blessure... si elle avait su, elle aurait pu... qu'aurait-elle pu faire? Parler à Charlotte? Aider Charlotte, elle avec sa pauvre expérience de la vie? Quels mots utiliser pour une situation qui lui semble aussi énigmatique que la face cachée de la lune? Et maintenant, cet aveu expulsé aux portes de la...

... destinée de femme, mais qu'est-ce qu'une destinée de femme, pense-t-elle sur le chemin du retour. Et moi, que dirai-je à l'heure de...

Quand Charlotte franchit les portes de la mort, Katharina soupire: même si elle a eu pitié d'elle, la voilà délivrée de cette belle-sœur qui piquait... Pourquoi cette aversion, finalement ? Et Marlène, eh mon Dieu, il ne faudrait pas que Marlène vienne vivre chez moi sous prétexte que la maison est grande, que Papa est son frère, c'est qu'elle ne doit pas avoir une grosse retraite, la pôvre, même s'il lui reste des sous de la vente des deux maisons Gondebrœk et un peu de fortune... et puis quelle idée puis-je avoir de la manière dont on économise et dépense l'argent ? En ai-je jamais gagné ?

Katharina est soulagée, tout de même, lorsqu'elle constate que Marlène organise très bien sa nouvelle vie sans sa sœur. Elle sort, va au concert, au théâtre. « Elle vit ! Enfin !» dit-elle triomphalement à Katia.

Quand Marlène apprend que Katharina avait imaginé qu'elle aurait pu avoir l'idée d'aller s'installer chez son frère, elle rit : si je manquais un jour d'argent, je préférerais manger du riz tous les jours plutôt que vivre dans cette maison.

Dix-huit mois après le début de la maladie d'Edouard Gondebrœk et un an après la mort de Charlotte, Boris se marie avec Anne. De nouveau un de ces mariages à la manque, tonne Katharina. Ils auraient pu penser à Papa. Mais qu'est-ce qu'ils ont tous ces enfants Gondebrœk à ne pas suivre la norme ? J'aurais voulu une vraie cérémonie, moi, marier mon fils comme tout le monde, avoir une mariée en blanc qui tient un petit bouquet à la main, voir des invités en veston avec un œillet à la boutonnière, voir l'église pleine d'une foule qui s'est déplacée pour nous, on mériterait ça, tu ne trouves pas Papa, dit Katharina à Edouard qui essuie discrètement une larme. Mais non, Edouard, ne pleure pas, je t'en prie, ces deux rebelles ne valent pas tes larmes, j'organiserai une petite fête dans le jardin, ça sera de l'ersatz de mariage mais on essayera de rire, il y aura les parents d'Anne, ses frères, ses sœurs, Katia mais... il n'y aura ni Christine ni Jean (elle n'ose pas lui avouer qu'elle a chassé Jean de la maison), Christine à cause du couvent et Jean... ce gros bêta s'est séparé de sa femme, il l'a laissée en Provence et il est parti élever des chèvres dans les Cévennes. Il fallait bien que tu apprennes cela un jour mon pauvre chérii. Marlène lui a, paraît-il, donné un peu d'argent, avec ça, il va s'acheter une ruine qu'il retapera...

C'est fou comme les jeunes sont... si libres, si libres.

Eh mon Dieu...

Même si beaucoup d'années ont passé, Katharina ne parvient pas à aimer le tournant de sa cinquantaine, cet âge qui l'a vue perdre tous ses pouvoirs: elle a grossi, sa peau s'est couverte de taches brunes. Un nouveau médecin s'est installé au village et les gens ont couru chez lui en oubliant aussitôt leur vieux docteur, l'ingratitude est la chose au monde, comment dit-on déjà? Ah oui, la mieux partagée. Les Dorner ne viennent plus: il serait malade, elle ne se déplace pas sans lui. Tu parles!

Les enfants persistent à déserter la maison. Il n'y a plus que Marlène, nettement plus gaie depuis que sa sœur est morte, qui se glisse entre les travées des jours pour venir trouver son frère.

– Pauvre Marlène, dit Katharina à Katia, elle s'ennuie, bien sûr. Charlotte, avec son mauvais caractère, mettait de l'animation, maintenant, elle est obligée de s'étourdir, voilà pourquoi elle sort tellement...

La seule fidèle de la maison, celle qui ne fait jamais défaut c'est Gachet Madame.

Katharina retourne sur la terrasse. Le soleil, de l'autre côté du Jura, envoie des reflets d'aigue-marine sur la plaine plongée dans l'ombre. Des hirondelles folles courent après leur nourriture aérienne. Beau tableau, pense-t-elle même si c'est un cliché. Il ferait plus frais sous la tonnelle mais elle boycotte cet aménagement de verdure dans un verger qui a asservi les belles années de sa vie. Maintenant, elle abandonne les fruits au jardinier et aux oiseaux. Pour qui ferait-elle des confitures ? A force de les goûter, elle les a prises en grippe et ses petits-enfants n'aiment que ces flocons cartonneux à la mode : sur le front des petits-déjeuners, la confiture maison a perdu la bataille contre le corn-flakes... Quelle importance que la perte d'une bataille de confitures, ricane Ulrike de son lieu de morte, la bataille de Satlingrad représente un enjeu bien plus grave : elle a humilié le peuple allemand jusqu'aux os et permis à Staline de régner sur la moitié de l'Europe.

Il n'y a pas que les confitures, les temps changent, les mœurs, les goûts, murmure Katharina surprise par l'intervention d'Ulrike. Et même les vents, ajoute le jardinier d'une voix aussi pleine de nostalgie qu'un chant grégorien.

Ouvrir une petite bouteille de champagne. Les vraies soirées d'été sont rares en ce pays, il convient de les fêter dignement.

Sur la ligne du temps, Katharina s'autorise un peu d'émotion pour la petite graine ailée qu'elle fut, poussée par le vent de l'Histoire jusque chez les Gondebrœk. Tant d'années ont passé qu'elle est devenue arbre, avec des racines d'ailleurs. Pourtant, elle ne s'est jamais sentie bien implantée ici: l'ailleurs est l'étranger, maintenant. A chaque retour vers l'Allemagne – il y a eu tellement d'espace entre les différents voyages que les contrastes lui ont sauté aux yeux – elle reconnaît moins son pays. De nouveaux êtres y ont poussé, il faut bien alimenter la continuité. «Qui c'est celle-là?» avait osé demander d'un air apeuré, comme s'il voyait un vulgaire fantôme, le fils de Jasmine. Qui avait dû finir par trouver un homme à son goût puisqu'elle s'était remariée et avait deux enfants. Et comment avoir l'impression de retourner au pays quand la nourriture s'américanise progressivement, quand le langage se brouille d'expressions non germaniques?

Après la maladie de Papa, la mort de Charlotte, après?

Il y a le suicide de Madame Tchernansky. Elle n'a oublié ni cette femme ni cette mort. Cette titulaire d'un doctorat en médecine s'était pendue dans sa cave, comme un valet de ferme. Curieux de finir ainsi quand on possède tous les signes de la réussite...enfin, étudier la médecine ne veut rien dire: on suit des cours, on prépare des examens mais on n'apprend pas à vivre, moi,

Katharina Gondebrœk, j'en sais quelque chose: Edouard n'a jamais su vivre, je n'aurais pas voulu être à la place des enfants de Jeanne par exemple, mais pourquoi Madame Tchernanski s'est-elle tuée avec autant de violence?

Ensuite?

Les crises d'Edouard: rage, désespoir... Comment comprendre ce qu'il veut exprimer? Il n'a plus tellement de force quand il essaie de boxer son coussin ou d'envoyer son journal contre l'écran de télévision, qui l'aide à vivre pourtant, mais son visage devient rouge, il tape du pied... et moi je ne voulais pas voir l'évidence: tout ce qui avait fait de lui un homme, son intelligence, son esprit, rien, plus rien n'existait. Qu'y avait-il eu réellement à l'intérieur de lui? Cet homme secret mourrait avec ce qu'il avait tu. A son entourage d'interpréter librement ses silences.

Comment peut-il piquer de telles crises, lui qui a toujours été si peu démonstratif? «Il se révolte contre son état, répond le Professeur B, il est encore suffisamment lucide pour savoir ce qui l'attend, il refuse la dégradation qui peut durer des années. Pour l'instant, la médecine ne peut offrir que des doses plus fortes de médicaments.»

Bon sang, pense Katharina, il faudrait qu'Anne et Boris fassent des enfants tout de suite mais ils n'ont pas l'air zélés, ces deux -là. Toujours en voyage: ça connaît le Louvre par cœur, ça va s'extasier à la Galerie des Offices ou au Prado, ça fait le tour de la Californie en vélo, ça vadrouille tellement que ça n'a même plus le temps de rendre visite aux vieux parents alors comment en trouveraient-ils pour élever un petit?

Chaque fois qu'ils viennent à la maison, elle attaque: et les bébés? A votre âge, je pouponnais depuis longtemps, je menais chaque semaine Boris à Lausanne pour ses leçons de piano, les dents des tantes en grinçaient de rage...

Anne pratique le tac au tac (eh mon Dieu, si grand-maman était là, ça se passerait autrement): il y a assez de monde sur terre pour l'instant et puis le désir de maternité ne s'est pas encore manifesté en elle, grâce à la pilule, elle s'offrira le luxe de choisir l'année où elle aura un enfant, un bébé n'est plus une fatalité du mariage, pour l'instant, qu'on les laisse tranquilles, Boris et elle, c'est si beau la vie quand on s'embarque pour Cythère et encore plus beau quand on peut le faire à gogo.

Quel égoïsme! Ces jeunes ont perdu tout sens du devoir...

Et cette réponse de Boris, déjà corrompu, elle le sent, elle le sait, par Anne: «Alors Papa et toi vous m'avez engendré par sens du devoir?»

Ce diable de Boris a sûrement deviné qu'il était venu sur le lit d'une combinaison de hasards... c'est qu'il est intelligent, lui.

Le féminisme combatif de sa belle-fille la fait vaciller quand Anne, toutes armes dehors, affirme qu'il est temps d'enlever les femmes des cuisines, d'en faire des êtres qui pensent et non des robots à confitures... Sa vie niée en bloc...

Katharina bouche ses oreilles pour la suite: tous ces gestes qu'Anne trouve débilitants ont été pour elle le signe de l'amour et de la renonciation. Sans cette contrainte, les jours n'auraient jamais appuyé aussi lourdement sur sa vie. Si Edouard avait assumé l'éducation de ses enfants, elle n'aurait pas été mise devant la nécessité de rester. Au bout de trois mois de mariage – trois semaines peut-être – elle aurait dit: je ne suis pas faite pour cette maison; leur père et une maman-gouvernante formeraient pour les enfants un meilleur mitan familial, je suis trop près de l'enfance pour comprendre tout cela.

La chape morale qui avait installé le bœuf sur sa langue était composée de discours d'époque faits d'éloges au grillon du foyer et maintenant tout cela était balayé par des jeunes femmes formées professionnellement et qui décidaient de leur vie ! En plus...

Toutes ces constructions d'idées s'envolaient comme des paroles légères et celles qui avaient vécu selon cette philosophie ménagère se retrouvaient bernées...

Merde alors ! Si elle n'ose pas le dire, elle le pense.

Comme elle aimerait le hurler, pourtant.

Pour protéger son passé et justifier son rôle, Katharina doit à tout prix haïr le féminisme et Anne avec. De toute façon, décrète-t-elle, le féminisme n'est qu'une poussée d'urticaire. Les femmes retrouveront vite leur rôle séducteur. Dans cette catégorie de l'espèce animale, c'est la femelle qui est équipée pour attirer le mâle. Il en a toujours été ainsi, ce n'est pas quelques activistes qui vont bousculer ce qui est imprégné dans la mémoire de l'humanité. D'ailleurs, dans vingt ans, tout le monde aura oublié le féminisme.

Une rage l'a poussée à dire ces paroles: elle ne veut pas que le modèle de la femme change, elle. Sans cette crise des années trente, elle aurait étudié dans des écoles plus prestigieuses que le pensionnat des Bruyères. Elle apprenait vite et juste, elle savait deux langues, était très forte en français. Au pensionnat, elle n'avait eu que trois fautes à la dictée de Mérimée que Rirette leur avait faite le dernier jour de l'année scolaire, une fois les bulletins envoyés aux parents. «Ce n'est qu'un petit jeu, je sais que vous préféreriez profiter de l'été mais il faut savoir rire des choses sérieuses, cela fait aussi partie de la vie», avait dit Rirette comme pour s'excuser de les faire travailler alors que les bagages étaient déjà prêts pour la plupart d'entre elles. Rirette qui avait lu et relu la copie de Katharina pour s'assurer qu'elle n'y voyait bien que trois fautes... trois fautes, mais vous vous rendez compte?

Pendant des années, Katharina s'était fait violence pour se soumettre à ce qu'on avait fait d'elle alors maintenant elle ne veut pas que d'autres connaissent ce qu'elle n'a pas eu... tant pis pour le côté ridicule qu'elle ressent: comment sa seule volonté empêcherait-elle le monde d'évoluer? Mieux vaut ignorer cela et prôner avec vigueur les valeurs traditionnelles...

Dorénavant, elle sera agressive chaque fois qu'Anne caquettera sur le rôle social de la femme. Et, elle, Katharina, en toute pesanteur, insistera sur ses années pleines de sacrifices: tout cela, je le faisais pour les enfants qui avaient besoin de la chaleur d'une mère à la maison et pour l'amour que je portais à Papa.

C'est faux, crie une petite voix au fond d'elle, tu n'aimais pas ton mari. Elle l'évacue d'un soupir et reprend: c'est que Papa et moi, nous nous sommes aimés avec passion. Arrête tes simagrées, tu n'y crois pas toi-même, ajoute la petite voix.

Depuis qu'elle mélange trop d'alcool aux médicaments, elle la reçoit souvent, cette visiteuse-là. L'intruse se propulse dans sa tête en ricanant de sorte qu'elle a parfois l'impression de vivre aux côtés d'une présence invisible. Signe de folie ? En parler à son médecin ?

Jamais.

Ce serait avouer qu'elle boit.

Alors ?

En lieu et place, elle racontera que des démangeaisons sans rougeurs envahissent sa peau, qu'elle doit se gratter...mal bizarre, à la fois concret et abstrait. On a les ruses qu'on peut. Et le médecin, tout plein de la gravité que lui donne sa fonction, répondra : c'est psychique. Quel autre mot pourrait-il émettre ? Il connaît sa vie : soigner un mari plus âgé et sans voix, condamné à une mort lente, très lente.

Après avoir dit : c'est psychique, il griffonnera une ordonnance que le pharmacien traduira en pilules. Elles endormiront la petite voix et ce sera bien fait pour elle.

Pour mettre de la diversion dans la vie d'Edouard, Katia annonce son mariage, un vrai mariage avec une mariée en blanc même si Katia prend la pilule depuis l'âge de vingt ans, mais enfin, soupire Katharina, on ne peut pas tout avoir ! De toute façon, par les temps qui courent, les vraies mariées, c'est fini. Il y aura une cérémonie et des invités, Papa ignore qu'il n'y aura de blanc que la robe. Il sera heureux, un bonheur d'enfant illuminera son visage, c'est cette lumière que je verrais plus souvent si ce ventre sec d'Anne nous faisait un petit au lieu d'aller haranguer les foules.

La folle ! Et ça prétend être artiste en plus !

L'attente de la fête réjouit Katharina mais la conséquence du mariage dérange ses certitudes : Katia épouse un Français ! Drôle de situation. Elle est aimable toutefois avec Charles même si la perspective d'avoir un gendre français, fils de résistant, la gêne.

Pourquoi? Elle est suisse, neutre et neutralisée depuis tant d'années.

Parce qu'elle aurait mérité un gendre allemand, tout simplement.

Elle regrette de n'avoir pas sur sa fille le pouvoir qu'avait sur elle sa mère. Elle regrette que l'histoire ne se répète pas en somme.

Trois jours avant le mariage, Katia vient la trouver avec Charles. Gachet Madame, fine cuisinière, a préparé un repas qui plaît au Français. Katharina est ravie d'avoir gagné cette première manche quand, sans savoir d'où il vient, elle sent un flot verbal sortir de sa bouche. Avec une rapidité inhabituelle, elle parle de Papa, des trois petits enfants, de la grande maison, des confitures, de sa mère, en voilà une qu'on aurait dû écouter mais tout le monde la prenait pour une illuminée, même Papa. Pourtant, elle avait un nez ! Elle avait percé tous les secrets de la politique, elle sentait que son fils allait se dissoudre dans la guerre, un cœur de mère prévoit les événements majeurs longtemps à l'avance...

Puis le flot devient torrent, enfle, les mots charrient son mariage, son voyage de noces raté, son frère : le pauvre il était dans les SS, normal il était tellement beau, on raconte qu'il aurait commis des crimes voilà pourquoi il aurait dû disparaître à la fin de la guerre, il serait en Amérique latine... on-dit, on-dit et la vérité dans tout ça, mon frère a peut-être été assassiné par un résistant français... la guerre c'est la guerre, crimes, pas crimes, de toute façon c'est de la boucherie, la guerre... mon pauvre

Charles, ce que les mères peuvent en baver, la mienne a failli mourir de la disparition de son fils, mon frère était le type même de soldat dont une mère peut être fière: courageux, endurant, obéissant... bon, tout cela c'est du passé, les criminels ont été châtiés à Nuremberg, Adenauer et de Gaulle ont réconcilié l'Allemagne et la France, maintenant on ne parle plus que d'Europe... Comment, vous allez vous installer à Strasbourg ? Ah, vous travaillerez pour l'Europe ! Je comprends. Katia est interprète, à Strasbourg, il y a beaucoup de conférences, mais il y en a aussi à Genève et puis elle ne travaillera pas puisqu'elle élèvera ses enfants, cela se passe ainsi chez nous. Ah parce que tu veux travailler en élevant tes enfants ! Eh mon Dieu ! Ou tu as été contaminée par Anne ou ton mari gagne tellement peu d'argent qu'il t'oblige à abandonner tes enfants pour... et puis Strasbourg c'est loin, tu oublies que tu as un vieux papa malade ici... je comprends que la France t'attire, mon frère y a mangé du très bon poulet, moi-même, j'y ai accompagné Papa à un congrès de médecine juste après la guerre, j'ai eu enfin l'occasion de mettre mes robes...les Français nous ont très bien reçus, pourtant ils n'avaient presque rien à manger... mais Strasbourg c'est loin même si le foie gras y est bon... tu sais que j'ai pris ma maman dans mon mariage pour lui éviter d'être seule. On ne peut pas demander aux enfants d'être comme avant mais tout de même...

Katia, surprise de cette agitation, la prend à part, lui dit: maman, il se passe quelque chose, tu ne fais que parler et tu dis n'importe quoi, j'ai même l'impression que tu ne sais plus ce que tu dis.

Que lui veut-on ? Elle va bien. Simplement, elle était équilibrée avant et maintenant sa vie part en morceaux, elle a sacrifié sa jeunesse pour des enfants qui ne donnent plus du tout de nouvelles... plus rien n'est comme avant, qui peut la comprendre ? Qui peut comprendre sa solitude ? A cinquante-trois ans, elle se retrouve enterrée vivante. Alors ? Le médecin lui donne des médicaments, ça ne fait pas toujours effet ces saletés-là, elle voulait se sentir bien, elle se réjouissait tellement de cette visite. « Ce matin, j'ai doublé les doses. En plus, j'ai bu du vin en votre compagnie, je n'aurais pas dû... » avoue-t-elle.

Katia n'a pas le courage de lui demander si c'est seulement en compagnie qu'elle boit du vin. Elle lui fait promettre de tenir sa langue le jour de son mariage : tu te rends compte si tu répètes devant les parents de Charles ce que tu viens de dire à propos de ton frère ?

« Mon frère n'a rien fait de mal, c'était un garçon bien élevé et poli », répond-elle. Elle est certaine d'avoir raison.

Cependant, pour garantir la paix des familles, elle se surveillera.

Le jour du mariage de Katia, après avoir salué la famille de Charles, elle garde la bouche fermée. En signe de protestation aussi. Boris et Anne sont en Australie, pas question pour eux de revenir pour une chose aussi banale que le mariage de la dernière des Gondebrœk. Christine prie. Jean trait ses chèvres. Même Georges Dorner, le parrain de Katia n'est pas là : la maladie toujours. Il ne veut rien lui dire à elle et comme il ne peut plus communiquer avec Papa, elle ignore ce qui se passe.

Cette maladie est plutôt une belle excuse pour ne pas assiter aux noces de l'enfant qu'on n'a pas eu, voudrait-elle glisser à l'oreille de Katia. Mais puisque sa parole ne libère qu'un flot dangereux autant laisser le bœuf paître tranquillement sur sa langue.

Au hasard d'une conversation avec Marlène, Katharina apprend que Jean, qui retape une ruine dans les Cévennes en élevant ses chèvres, parvient juste à se nourrir de sorte qu'il est incapable d'envoyer le moindre centime pour Louis. Marianne vivote de quelques travaux de bureau. La campagne, c'est bucolique, écrit-elle à Marlène, mais hors du légume pas de salut et je n'ai pas envie d'aller travailler à l'emballage des légumes. Une de mes connaissances l'a fait, elle a eu les mains brûlées. Rassurant de savoir que nous ingurgitons des aliments qui, manipulés à haute dose, te brûlent les mains !

Le pensionnat des Bruyères a été vendu: Zélie et Rirette ont l'âge de la retraite. Edouard a reçu la part de Jeanne mais Katharina, qui s'occupe des dépenses, n'a pas envie de garder l'argent de la morte. Le donner aux enfants? Christine n'en a pas besoin: Dieu s'occupe d'elle. Ce désaxé de Jean non plus. L'argent des Bruyères ira à Marianne, pour Louis. Un Gondebrœk doit être éduqué convenablement. La somme n'est pas gigantesque mais elle permettra au petit-fils de Jeanne de manger et d'être vêtu correctement jusqu'à ce qu'il puisse se débrouiller dans la vie. Elle profite de l'occasion pour écrire à Marianne une lettre ironique: voilà ce qui arrive quand on épouse un jeune farfelu sans jugeote... je t'avais bien dit qu'il fallait de l'audace pour vivre avec cet écervelé. Il m'est arrivé de penser qu'une femme plus âgée assagirait cet hurluberlu. Je me trompais une fois de plus. Heureusement, la morte et moi, nous formons le canal des mères: elles seules savent réparer les bêtises des hommes. Après les guerres, ce sont elles qui assurent le repeuplement et non ces féministes qui guettent le moment où leur instinct leur imposera l'enfant. En matière d'âneries, j'aurais tout entendu... c'est que je vieillis.

Marianne accepte l'argent pour l'avenir de Louis, écrit-elle à Marlène qui n'ira pas le répéter. Si cela dépendait d'elle, pourtant, elle enverrait promener cette donneuse de leçons et ses picaillons.

Depuis le départ de Katia pour Strasbourg, Katharina est frappée de stupeur. Même si sa fille ne venait plus que de loin en loin passer une nuit à la maison, elle réalise que celle-ci est pleine de chambres vides. Dé-fi-ni-ti-ve-ment. Comment atténuer le silence? Gachet Madame vient chaque jour. C'est une femme dévouée, heureuse de travailler chez M'sieur le docteur mais elle est fruste et son vocabulaire limité. Elle est fière de lui présenter Jean-Pierre, son fils, le jour où il reçoit le résultat de ses examens d'employé de commerce. «Un col blanc... un col blanc», roucoule-t-elle comme si elle voyait se profiler la silhouette d'un futur ambassadeur.

Alors pour rompre le silence, pour occuper le vide, Katharina décide de prendre des locataires. Elle fait transformer l'ancien cabinet médical en appartement et installer une douche et des toilettes à côté des chambres mansardées. Il restera suffisamment de pièces pour héberger les enfants et les petits enfants... si on veut bien se décider à lui en faire. Le plus urgent, c'est d'entendre à nouveau des pas sur le gravier du chemin... des portes s'ouvrir, se fermer, claquer, le téléphone sonner pour d'autres. La maison respire, reprend vie, glousse de bruits d'eau, frémit, satisfaite que des voix la traversent.

Les locataires à peine installés, Anne et Boris se décident enfin à mettre un enfant au monde: «Eh bien! dit Katharina à la petite Marie qu'elle tient dans ses bras, tes parents t'auront fait attendre.»

Ce bébé signifie aussi que Boris et Anne arrêteront d'aller courir les déserts et les musées et viendront plus souvent trouver les vieux parents – curieux comme elle s'inclut dans le mot «vieux» alors qu'elle n'est qu'à mi-cinquantaine. Peut-être est-ce cette immobilité forcée qui la projette dans la vieillesse? La voiture sert pour les courses et pour mener Papa chez le médecin... finies les vacances... temps révolu... restent les petites évasions: elle décide d'aller à la pêche. Toute seule après avoir essayé d'y emmener Edouard. Elle l'a assis sur un fauteuil pliant. Au début, il avait l'air content mais quand elle l'a vu essuyer des larmes, elle a eu mal pour lui. Alors elle préfère le laisser à la maison. Quand Gachet Madame est là ou quand il dort, elle file. Elle recherche les petites rivières bordées de feuillus. Le soleil, brillant par taches sur l'eau, les chants des oiseaux, toute cette nature l'emmène loin des déceptions humaines. Elle voudrait, parfois, ressembler aux oiseaux, ces particules sautillantes du Temps. Quand elle attrape un poisson, elle a l'impression de faire un geste qui vient de loin, comme si elle appartenait à l'Univers au lieu de n'être que Katharina Gondebrœk, prisonnière de son corps.

Même si la maladie d'Edouard pèse dans le quotidien, elle se sent mieux, elle diminue sa consommation de médicaments. Elle ne boit plus que de la bière, quatre, peut-être cinq par jour, elle est allemande après tout. Et tant pis si elle a encore épaissi... pourvu qu'elle se sente bien à l'intérieur d'elle.

Grâce à cette évasion, le jeu du contentement revient, le mutisme d'Edouard est moins lourd à porter dans l'ordinaire des jours, peut-être parce qu'elle l'entend rire et voit une lumière qui ressemble à un rayon de soleil arrivé soudain sur son visage quand la petite Marie est dans la salon. Ensuite, il y a eu Cédric, le fils de Katia, et juste après, Anne a donné naissance à Elodie, Anne qui parle maintenant couches-culottes, diarrhées, aliments pour bébés, érythèmes fessiers, biberons, purées de légumes, et qui s'extasie devant le progrès de ses enfants comme si elle avait donné naissance à deux génies.

Katia, qui a pris un congé d'une année pour s'occuper de son fils, tient les mêmes discours d'ailleurs. Katharina ne se souvenait pas que les jeunes mères pouvaient être zozos à ce point. Enfin, jeunes mères agaçantes ou pas, la maison est nourrie d'autres bruits que ceux des locataires. Surtout quand les bébés piquent des crises, ce qui fait rire Papa. Et Strasbourg n'est qu'à trois heures de route et les Strasbourgeois restent deux ou trois jours. Quelle chance finalement que Katia et Charles ne se soient pas crus obligés d'aller travailler pour l'ONU à New-York !

Les années pouponnières de sa fille et sa belle-fille amènent des moments heureux. Mais les petits-enfants grandissent et Katharina devine chez eux une réticence à rester dans la maison. Ils disparaissent au jardin ou à la cave et quand on les appelle pour venir manger, ils regardent leur grand-père muet d'un d'œil à la fois interrogateur et inquiet, comme s'ils en avaient peur soudain. Un jour Marie va chercher des escargots au jardin, les pose sur les mains d'Edouard qui voit ces drôles de choses escalader ses avant-bras – se souvient-il encore qu'il s'agit de gastéropodes ? Quand Katharina entre dans le salon, elle a mal pour Edouard sans oser gronder Marie. Que s'est-il passé dans la tête de Marie pour qu'elle fasse ça ? L'a-t-elle pris pour un... végétal, un arbre ? Elle retient les mots qui lui viennent ensuite à l'esprit : ces enfants d'aujourd'hui sont élevés tellement librement qu'ils sont incapables de faire la différence entre le bien et le mal et on n'ose même plus les gronder... eh mon Dieu ! Si Ulrike voyait ça, elle en mourrait une deuxième fois ! Elle enlève les escargots et dit à Marie : « Tu devrais aller les remettre sur l'herbe, ils vont s'ennuyer de leur jardin natal.»

Ensuite ?

Ensuite viendront les années d'incohérence.

Qui commenceront quand plus aucun son ne sortira de la bouche d'Edouard. Il ne grognera même plus. Il saura juste faire démarrer le téléviseur et restera des heures à passer d'une chaîne à l'autre, le regard vide, contemplant même la neige sur l'écran. Que s'est-il passé? Nouvelle attaque? «Je dois vous avouer, chère Madame, que sur le chapitre du cerveau, nous sommes encore de grands ignorants», dit le professeur B.

Il arrive qu'Edouard fasse sous lui. Katharina pousse cela dans la pelote du silence – même le médecin ne le saura pas – et pourvu que Gachet Madame ne devine rien, elle irait raconter au village que M'sieur le Docteur lâche tout dans sa culotte, comme un bébé. Et cela ferait rire ces ingrats!

Qui vient encore sonner à la porte et demander des nouvelles du vieux médecin qui a veillé sur leurs nuits, qui s'est relevé sans rechigner lorsque le vent de l'hiver vous cloue sur place en vous glaçant jusqu'à l'os?

Maintenant, cela ne se fait plus de déranger un médecin la nuit...

Un jour, elle se rend à la pharmacie de la ville voisine où personne ne la connaît et achète des couches pour adultes. Le progrès a du bon, pourrait-elle penser si Edouard ne rejetait violemment cet accessoire.

Années d'incohérence et d'angoisses où l'envie de mourir pour en finir avec cette existence de ratage prendra possession d'elle parfois. Elle souhaite la mort d'Edouard, pour son bien à lui. Elle se reproche de ne pas être capable de prier, demande à Christine de le faire pour elle, reproche aux enfants de ne pas être au chevet de leur père, ce grand malade qui peut s'en aller d'un instant à l'autre.

Années d'isolement: on fuira cette femme devenue un véritable moulin à paroles. Des mots incontrôlés sortent de sa bouche, mettent tout le monde mal à l'aise, à commencer par les locataires qui l'évitent. Boris vient seul, l'écoute puis repart. Katia n'a plus tellement le temps de se déplacer depuis Strasbourg pour subir les sempiternelles katharinades mais elle téléphone souvent, longuement. Même la douce et patiente Marlène s'enfuit un jour, le repas à peine terminé, en prétextant des maux de tête à assommer un éléphant, alors elle avec ses cinquante kilos...

Années de plaintes et gémissements.

Années de boycott des rivières, des poissons, des oiseaux: elle ne regardera même plus le hêtre roux flamboyer dans le ciel du printemps.

Années d'alcool, de déchirure, de constats amers.

Années de hurlements retenus.

Années dont elle préfère évacuer le souvenir si elle veut conserver le fragile équilibre qu'elle est parvenue à trouver depuis.

Et au bout de ces années d'incohérence, il y aura le départ d'Edouard. Elle a soixante-deux ans quand la mort vient le chercher.

«Tu l'as fait attendre», lui dit Katharina.

«Pas de reproches, répond la Camarde, chaque fois que je me présentais on l'envoyait aux soins intensifs.»

Après la mort d'Edouard, Katharina comprend: elle a été élevée dans un monde qui faisait de la femme un être faible, à protéger – curieux qu'un gabarit comme Ulrike lui ait vendu une telle vision du monde, elle qui avait un profil de chef d'entreprise. Il lui a fallu des années pour réaliser que les hommes ont aussi leurs fragilités, sont souvent de grands enfants pleins de peurs. Il l'a prise comme une gourmandise, cela non plus elle ne l'a pas compris. Trop jeune, trop engoncée dans son milieu, dans son époque. Elle a vécu quarante-deux ans aux côtés d'un homme que la timidité emmurait dès qu'il sortait du domaine professionnel. Charlotte et Marlène ont toujours prétendu que la calvitie d'Edouard, survenue alors qu'il n'avait que vingt-sept ans, avait totalement changé leur frère: de rieur, il était devenu renfermé. A cause de cette timidité, les contacts avec ses enfants avaient été nuls; ceux-ci avaient interprété son échappée par le travail puis par le silence comme une lâcheté. A cause de cette timidité, il n'avait su donner à sa femme que des vêtements et des bijoux. Maintenant que l'on peut lire dans n'importe quel magazine des pages entières consacrées à tout ce qui a été tu, Katharina comprend mieux les choses de l'amour. Elle absout Jasmine et Katia – Anne ne lui a jamais rien confié, l'inimitié a mis une barrière entre elles. A faire ce genre de lectures, elle sait aussi qu'elle n'aurait jamais pu éprouver de plaisir avec Edouard. Pour cela, il lui aurait fallu le Graf von Z. ou une autre figure romantique – mais comment aurait-elle pu la rencontrer cette figure romantique? Edouard ne l'emmenait jamais nulle part de peur de se la faire voler.

Elle comprend. Elle comprend enfin cet homme qu'il aurait fallu protéger...il aurait eu besoin d'une mère-épouse et non d'une femme-enfant, mais il avait tellement envie de sa jeunesse... Il y a des existences comme cela, tout rate... peut-être aura-t-elle la chance de vivre une nouvelle vie où tout lui réussirait, pourquoi pas?

Que n'a-t-elle été un personnage de roman, une de ces héroïnes de papier qui vit et brûle pour avoir trop aimé? Elle serait morte, son temps serait révolu mais elle aurait vécu.

Elle regrette d'être venue trop tôt dans le siècle, envie Jasmine et Katia – Anne, non, elle éprouve trop de réticences pour cette pimbêche qui lui a volé son fils. Elle, Katharina, a mis au monde un homme, un vrai, un type bien, ouvert, heureux de vivre, qui s'occupe de ses enfants, qui les embrasse (geste qu'Edouard refusait de faire parce que les embrassades transmettaient des germes, disait-il), qui les fait sauter ses genoux, qui parle avec eux, alors comment pourrait-elle en plus aimer Anne?

Pour sauvegarder les apparences, vis-à-vis d'elle-même surtout, elle refait sa biographie et annonce que la fusion entre Edouard et elle a été totale. Maintenant qu'il est mort, elle réalise à quel point cette passion a été violente, d'ailleurs l'aurait-elle soigné si longtemps sans cela? Et, dit-elle, son médecin lui ayant demandé comment étaient ses règles, du temps qu'elle en avait, il a déduit de sa réponse «très abondantes» que c'était là le signe d'une vie sexuelle harmonieuse. Cela, elle le répétera à Katia, Boris, Anne, l'écrira même à Jasmine, seule parente d'Allemagne avec qui elle correspond depuis que les deux Maria, l'une après l'autre, sont parties rejoindre... qui? quoi? N'y aurait-il pas, quand même, une vie après la mort?

Depuis la mort d'Edouard, Jean-Pierre, le fils de Gachet Madame, vient souvent la trouver. Ce garçon, d'une trentaine d'années, vit au village, non pas chez sa mère, il a son appartement dans ce nouveau quartier poussé sur d'anciens champs de betteraves et de pommes de terre, un de ces ghettos pour citadins qui ne trouvent plus à se loger en ville – mais vous n'avez pas remarqué que notre village s'agrandit, bientôt les paysans y seront minoritaires et ça ne m'étonnerait pas qu'un de ces quatre matins on interdise les sonnailles à cause des oreilles délicates de ces messieurs-dames de la ville.

Marié ?

Non pas encore. Il vit avec une fille. Un mariage à l'essai.

Et que fait-il dans la vie ?

Il vend, il est démarcheur, alors si vous avez besoin de quelque chose qui ne se trouve pas dans la région – je sais que vous n'aimez plus rouler dans les villes – dites-le moi, je peux vous fournir ce que vous souhaitez pour autant qu'il ne s'agisse pas d'un éléphant ou d'un volatile en voie de disparition.

Katharina l'invite souvent à manger. Ils parlent. Jean-Pierre rit de bon cœur. Qu'il est plaisant et intelligent ce garçon qu'elle considère bientôt comme un fils qui serait né bien après Katia. Il l'aide à débrouiller quelques affaires en relation avec la succession – Boris ne peut s'occuper de tout et il n'a pas l'esprit administratif, en plus.

Jean-Pierre l'écoute, l'admire d'avoir élevé des enfants qui n'étaient pas les siens, tout cela pour l'amour qu'elle portait à un homme, une telle abnégation, ça n'existe plus de nos jours...

Comme c'est bon d'avoir quelqu'un à qui parler, pense-t-elle chaque fois qu'il prend congé d'elle.

La présence répétée de Jean-Pierre la rassure. Si son fils était resté dans les parages c'est lui – même s'il a dépassé la quarantaine – qui viendrait trois fois par semaine manger avec elle au lieu de ce jeune homme jovial, qui la sort de son train-train mais n'a pas la vivacité de Boris, ni sa culture, ni son coup d'œil caustique sur l'existence. Jean-Pierre a l'esprit pratique, gagne beaucoup d'argent, ne s'en plaint pas, ça pleut de partout, l'époque est bonne, tout le contraire de ce que ses parents ont connu, il suffit d'avoir quelques idées pour réussir, bientôt il pourra construire sa maison et se marier.

Quel bon garçon, ce Jean-Pierre, quand on sait d'où il sort, il reste fidèle à sa mère, à son village, il veut y construire sa maison – ce que Katia et Boris ont toujours refusé de faire comme si la maison paternelle n'avait été qu'un étouffe-vie qui les aurait guéris à tout jamais du désir de la possession. Y ont-ils été si malheureux que cela ?

Ne pas se plaindre, ne pas gémir... tu les fais fuir... Par ton amour envahissant tu as contribué à les pousser vers les villes, là où l'air est mauvais pour...

Mauvais pour quoi ? Pour le goût de vivre ?

Montrer de l'engouement quand ils viennent te voir. Jouer les grands-mères épanouies, bourrer les petits-enfants de saint-honorés, d'escargots, de glaces, de pâtes d'amandes, de chocolats, de sacs de bonbons, de tartines au miel...

Anne un jour a protesté : à chaque retour, les enfants vomissent dans la voiture, ce qu'elles ne font pas d'habitude, si ça continue nous n'oserons plus venir avec elles...

Nâ-vrée, elle est vraiment nâ-vrée, Katharina, ces enfants modernes n'ont plus l'estomac de leurs ancêtres... elle fera attention, promis.

Ce qui ne l'empêche pas de recommencer. Elle a beau dire : si tu as assez, tu arrêtes, elles mangent, elles mangent tellement qu'elle se demande parfois si on leur donne assez à la maison, c'est que les filles de Boris ne sont pas des boules de suif... loin de là.

Un jour, poussant un long soupir, les larmes au bord des yeux : j'ai une mauvaise nouvelle à vous annoncer : Katia divorce ! Eh mon Dieu, quand on a un enfant ! Est-ce que ça valait la peine de faire un grand mariage pour divorcer onze ans plus tard ? J'ai toujours pensé qu'un Français ne valait rien comme mari. La cause ? Il se serait aperçu qu'il préfère les hommes... et il a osé avouer ça à sa femme et Katia ne s'est pas gênée de me le redire, à moi, sa mère... et si Cédric, comme son père...je n'ose pas penser à cette menace qui pèse sur ce petit Gondebrœk. Quand j'ai appris cela, je me suis dit : à quelque chose malheur est bon, elle n'a qu'à revenir à la maison, je garderai le petit pendant qu'elle ira travailler... j'espérais... j'espérais qu'elle ait envie de retrouver le pays de son enfance là où sont les meilleurs souvenirs, eh bien non, elle veut rester à Strasbourg, Cédric y a tous ses petits copains, on n'enlève pas un enfant à son biotope dit-elle, non mais quel mot, et puis il faut qu'il voie son père... un père pareil... A force de considérer les enfants comme des petits seigneurs, on en fait des dictateurs.

Elle, Katia ?

Elle ne va pas mal du tout, elle ne s'ennuie pas non plus puisqu'elle a déjà rencontré quelqu'un ! Comme tout change... si ma mère voyait ça ! Au Conseil de l'Europe, on rencontre beaucoup de monde. Enfin, j'ai décidé de ne plus avoir de locataires dans la maison. J'ai préparé la place pour Katia et Cédric, si jamais... Je ne loue plus que l'appartement, ce va-et-vient d'étrangers chez moi m'incommode, je vieillis, personne n'a l'air de s'en rendre compte sauf moi parce que mon arthrose me le rappelle chaque jour, comme cela je ne risque pas d'oublier les années qui se faufilent et s'accumulent à l'intérieur de mon corps, elles cherchent à m'abattre même...

En tout cas, glisse-t-elle à l'oreille de Boris, si un jour tu te disputes avec Anne, tu sauras où venir loger, avec l'autoroute, le village n'est plus qu'à un petit quart-d'heure de Lausanne.

Elle rit pour ne pas voir l'air exaspéré de son fils.

Cet appareil de haute-fidélité pour disques laser? C'est Jean-Pierre qui me l'a procuré. Il est très fort. J'en avais envie, je mets de la musique tous les jours. Ce Jean-Pierre, s'il avait eu une autre mère, il aurait fait des études. Il va aussi me commander un cours d'anglais, si je n'avais pas rencontré Papa, je serais partie en Angleterre mais voilà, l'amour m'a fait atterrir dans ce trou.

Ce que devient le père Gachet? Il boit, je crois. Personne n'en parle jamais.

Marlène est morte comme elle avait vécu, discrètement, dans son lit, au milieu de la nuit. Pour Katharina, le contact avec Louis et Jean est rompu désormais, Marlène ne donnera plus de leurs nouvelles. Dans les Cévennes, Jean – qui ne s'est même pas dérangé pour venir à l'enterrement de son père – ressemble, paraît-il, de plus en plus à un homme des bois: barbu, poilu, ne parlant qu'à ses chèvres... enfin, Marlène lui aura sûrement laissé un peu d'argent. Louis s'est senti la fibre artistique: à vingt-quatre ans, le petit-fils d'Edouard vend des aquarelles aux touristes dans la rue et prétend ainsi financer ses achats de toiles et de couleurs, voyez-moi ce futur Van Gogh! Marianne, après plusieurs liaisons, aborde seule la soixantaine. Elle aurait fait un héritage du côté de sa famille, ce qui allégerait la pespective de ses vieux jours. Désormais, Katharina n'entendra plus parler de cette branche Gondebrœk. Branche lointaine, branche étrangère, c'est comme ça, avec le temps les familles se dissolvent dans le terreau général de l'humanité. Cette constatation brutale la fait soupirer. Que reste-t-il de nous dans la durée? Des bulles qui font gloup, gloup?

Ni Louis, ni Marianne, ni Jean ne se sont d'ailleurs déplacés pour une dernière visite à la tante qu'ils aimaient bien. A cause d'elle, Katharina? Dans ce marais familial, on cultive l'art de se faire la gueule. Heureusement, Christine a bien voulu s'extraire de son couvent et venir prier devant le cercueil de Marlène.

Qui s'en est allée à mi-chemin entre Edouard et Boris. Personne ne soupçone, à ce moment, que Boris n'a plus que six ans à vivre. Katharina a d'ailleurs cessé de demander des nouvelles de leur santé à ses enfants et petits-enfants: ils ont tous l'air bâtis pour vivre cent ans.

Dans le fond, soupire Katharina, sa vie, il faudrait la commencer par la fin, il y aurait le plus mauvais d'abord et on finirait par le plus délicieux: le retour dans le ventre de la mère.

Qu'a-t-elle fait de ses jours pendant les six ans qui ont précédé la mort de Boris? Elle s'est fâchée quand Katia lui a annoncé qu'elle se remariait avec un Belge: on ne convole plus à quarante ans, tu ne vas tout de même pas nous faire un petit à cet âge ? Justement, répond Katia, je suis enceinte...

Mettre un enfant au monde alors que la jeunesse te quitte ? Mais tu es folle, ma fille ! Katia a beau lui rappeler qu'à ce même âge Ulrike donnait le jour à Christof, mais oui, maman, et en plus c'était une primipare, Katharina s'acharne contre Katia: cette génération ne pense qu'à ses plaisirs. Quelle jeunesse va-t-elle engendrer à son tour ? Décadence, décadence, eh mon Dieu !

Elle se rend malgré tout à Strasbourg pour assister au remariage. Elle n'aime pas Henri, ce mouveau gendre, cet homme d'affaires pressé qui est tout le temps dans les avions. Verra-t-il au moins grandir l'enfant ?

Même si Katia est restée jolie, des rides se creusent autour de sa bouche et sur son front. Et cet Henri a un accent qui lui déplaît, il a le visage creux, les dents en avant, des cicatrices d'acné sur le visage, qu'est-ce qu'elle lui trouve de séduisant ma fille ? Ses yeux myosotis ne suffisent pas à convaincre Katharina que Katia a fait un bon choix: ça ne va pas durer, pronostique-t-elle. Boris, qui est là avec sa famille, s'interpose: tu as trop d'a priori, maman, Henri est un homme charmant, il a de l'humour à revendre – alors, on n'est pas dans l'Outback australien comme pour le premier mariage, aimerait-elle dire d'un ton agressif, heureusement que ta sœur nous remet une cérémonie, ça te donne l'occasion de ne plus te soustraire à tes obligations – au lieu de cela, elle laisse filer un aveu: je me demande ce que vous auriez dit si j'avais divorcé ? Certains jours, Papa ne desserrait pas les dents, comme si je n'existais plus...

«Peut-être s'agit-il d'un des revers de la passion que vous éprouviez l'un pour l'autre», dit Boris avec une pointe de plaisir pervers.

Cette petite phrase: un coup de poignard. La comédie se retourne contre elle.

Se taire. Une fois de plus. Ne plus jamais se plaindre d'Edouard, ne parler que de sa maladie: quelle douleur de voir l'homme de sa vie dégringoler chaque jour davantage: voilà les propos qu'il faudra émettre pour éviter les phrases meurtrières qui ramènent à la réalité.

Avec la naissance de Gwendoline, fille de Katia – petite-fille abstraite qu'elle ne verra que de loin en loin, Katia se fatigue plus, elle a moins d'énergie pour venir trouver sa mère, la route c'est fatigant tu comprends et Henri, qui est loin toute la semaine, n'a plus envie de bouger le week-end, nous avons besoin de repos tous les deux, alors je préfère téléphoner –, Katharina sent qu'une partie d'elle-même rejette l'autre: chaque jour représente une lutte à mener contre l'envie de se laisser couler tout au fond du mal-être et d'y rester.

Les seuls moments où elle parvient à s'en extraire viennent de Jean-Pierre, qui lui propose d'acheter des choses un peu folles, comme ce dîner pour douze personnes en Limoges avec service à poissons assorti...et même si je me retrouve seule la plupart du temps, pourquoi pas? Une petite folie n'a jamais tué personne, ça aide à survivre même.

Survivre, ce mot elle se le répète chaque matin: elle a trop de pression... il faudrait maigrir, son cœur a beaucoup de peine à battre au milieu de tant de kilos. Elle se moque de son poids, clame-t-elle pour cacher son angoisse. Les médecins vous disent toujours des choses sans rapport avec la réalité : pour maigrir, il faudrait un sens à la vie et la sienne a perdu sa direction depuis si longtemps.

Dans le fond, constate-t-elle, il lui a manqué l'amour, un grand amour rayonnant qui lui aurait fait accepter tous les gestes répétitifs d'une vie de femme restée à la maison, un amour qui l'aurait aidée à comprendre que tout se dissout avec le temps et que seuls les sentiments lui survivent... Et Ulrike qui l'avait persuadée que l'amour était une invention !

A défaut de cela, il lui aurait suffi d'avoir la certitude qu'un être invisible – tapi, pourquoi pas, derrière la haie de troènes et de noisetiers – la suivait du regard. Elle aurait pu diriger vers lui le cri bloqué sous sa langue. Elle lui aurait dit : j'imagine que tu sais où je vais en me laissant dans ce pétrin, pour l'instant, j'accomplis, tu m'expliqueras plus tard. Si elle avait pu ainsi parlementer, les jours de sa vie auraient glissé sur elle avec moins de pesanteur... Parce qu'elle n'a rien su trouver dans cette vie, elle meurt sa vie chaque jour un peu plus.

Attendre la mort, mais que faire en attendant ?

Elle aurait pu... elle aurait pu bien sûr accomplir des gestes qui camouflent le vide... collectionner des œufs, comme la femme du pharmacien, la suivre dans sa frénésie de l'œuf décoratif qu'elle va chercher jusqu'en Pologne – les plus beaux, rapport qualité-prix, glousse-t-elle. A Noël, elle caquette à propos de tous ceux qu'il y aura encore à acquérir jusqu'à Pâques – son arbre de Pâques, l'œuvre d'une vie... Aux dernières nouvelles, elle vise l'œuf absolu : un modèle Fabergé.

Et alors ? Et ensuite ?

Elle avait longtemps cru que les femmes de sa génération avaient été plus victimes que celles des temps actuels. Katia avait rompu avec la tradition. Katharina avait assisté – et résisté avec amertume souvent – à cette forme de libération. Elle avait pourtant fini par accepter ce mouvement, soulagée que les gourdes de son espèce appartiennent au passé désormais. Et puis, l'autre jour, chez le coiffeur, elle a lu la confession hallucinante d'une jeune femme qui avait épousé un impuissant, conçu deux enfants par insémination artificielle, savait qu'elle était dans un piège mais ne voyait pas comment s'en sortir. Elle élevait ses deux enfants, disait-elle, dans le vide affectif. Il manquait à son couple la complicité de la chair... Ainsi, une jeune femme, une universitaire en plus, s'était en cette fin de siècle laissé enfermer dans une trappe comme elle, Katharina, cinquante ans plus tôt... tout recommençait.

Où était l'évolution ? Ou bien y aurait-il toujours des femmes qui cèdent à la pression des sentiments ? Nées pour être victimes ?

Qu'est-ce qu'une destinée de femme, finalement ?

Un jour, Elodie – elle a déjà treize ans – vient la trouver en compagnie de Nina, une petite Allemande de Hanovre, sa correspondante. Quand Katharina se met à lui parler en allemand, Nina la regarde, secoue sa jolie tête brune aux yeux noisette et tellement rieurs: mais qu'est-ce qu'elle a ta grand-mère à parler un allemand que je ne comprends pas ? Cette visite innocente des deux fillettes, qui sont venues en pédalant le long des chemins de campagne, se transforme en catastrophe: elle a perdu sa langue ! Normal, ricane l'autre partie d'elle, celle qui la regarde vivre, tu considères ta maison comme une enclave allemande et tu t'y es enfermée. Bouclée !

A mon âge, on constate, on ne se refait pas, soupire-t-elle.

La solution ?

Augmenter les doses de médicaments qui apportent la détente.

A ce stade, elle donnerait cher pour que son corps soit détendu, pour que sa tête arrête de travailler.

Travailler ? Gamberger...

Ensuite ?

Elle a demandé à Jean-Pierre de lui procurer une parabole pour capter les chaînes allemandes, elle aurait dû y penser plus tôt. Et puis elle a écrit à Jasmine : pourquoi ne viendrais-tu pas passer quelques jours avec ta famille ? Ce n'est pas la place qui manque !

La nuit est là maintenant. Katharina met une musique indienne pour que les vibrations de la cithare résonnent dans l'obscurité tiède. Elle allume ensuite la lampe où viennent mourir les moustiques puis s'installe à nouveau dans son fauteuil.

Les grillons accompagnent la musique, des bruits de voiture parviennent jusqu'à elle, témoins d'un ailleurs qui ne l'intéresse plus. L'a-t-il jamais intéressée, elle qui a passé son temps à boycotter tant de manifestations de la vie ?

Son père... elle n'a jamais cherché l'image de son père derrière les apparences, comme si Ulrike l'avait effacée bien avant sa mort. A force de le réduire à l'état d'être inférieur, la mère avait annulé tout sentiment de filiation. Qui était cet homme moustachu qui s'était tenu éloigné d'elle et ne l'avait même pas visitée en rêve ? Et elle, objet passif dans les mains d'une manipulatrice, est devenue personne ou plutôt une personne qui se demande si elle est quelqu'un.

Molle, trop molle, à toujours attendre qu'une formule magique la fasse basculer dans un autre monde... Un nouveau départ, voilà ce qu'elle a attendu alors qu'elle s'enfonçait dans l'impasse, le lit de sa vie.

Qu'avait-on fait d'elle ? Qu'avait-elle fait d'elle ? Que reste-t-il d'elle maintenant ?

Constat amer ? Non, elle analyse la réalité. Elle n'a pas eu cette force de l'esprit – ou force de caractère – qui permet aux victimes de catastrophes de survivre contre toute logique.

Avec tout ce qu'elle sait, maintenant, alors qu'elle voit la mort assise de dos – pas encore de face cela signifie peut-être qu'il lui reste un peu de temps – elle aimerait tout recommencer. C'est au moment où la vie vous quitte que tout vous semble clair...

... quel scandale que Boris soit mort au milieu d'un été si intense, lui qui aimait la canicule et ses excès. Rien ne laissait prévoir une telle catastrophe...

Les années ont passé : Marie et Elodie n'avaient plus tellement envie de se déplacer jusque chez cette grand-mère geignarde. Katharina invitait souvent Boris à manger. Elle lui disait : viens seul, nous pourrons parler de la maison, parfois j'aimerais bien qu'on la vende, ce que ça peut ennuyer Anne ces histoires-là !

Et quand Boris était là, elle parlait, parlait de tout autre chose, heureuse de l'avoir à nouveau près d'elle, pour elle. Il arrivait pour le repas du soir, repartait trois heures plus tard. Elle aimait ce tête-à-tête. Elle savait aussi qu'il n'était pas dupe. Il était content de lui faire plaisir, elle utilisait une partie de son service en porcelaine de Limoges même si la cuisine n'était plus à la hauteur des assiettes qui la recevaient : elle achetait des mets congelés qu'elle réchauffait dans un four à micro-ondes.

Il y a longtemps qu'elle n'a plus envie d'éplucher des oignons, de farcir un poisson, de pétrir une pâte... Elle grille encore de la viande, lave quelques feuilles vertes pour les convertir en salade. Après tout, le congélateur du supermarché lui suffit. De temps en temps, Gachet Madame lui prépare des légumes qu'elle réchauffe ensuite mais elle est fatiguée de la cuisine Gachet, elle n'aime plus manger au restaurant...

Donc Boris devait venir pour un de leurs tête-à-tête.

Elle l'attendait quand il a téléphoné : il était incapable de conduire, il avait de fortes douleurs dans le dos. Rhumatismes ? Effets de la fatigue ? Cela passera avec les vacances, par précaution il ira consulter un médecin.

A ce moment, elle n'a pas dit : viens avec Anne, elle conduira. Elle n'a pas dit cela parce qu'elle supporte de moins en moins sa belle-fille. Et ce n'était que partie remise. Pouvait-il en être autrement ?

Le jour suivant, Jean-Pierre l'a emmenée en montagne, loin de la chaleur, il l'invitait à manger dans un restaurant tournant, construit à trois mille mètres d'altitude, où, de l'entrée au dessert, on détaille le panorama alpin sur trois cent soixante degrés. Il voulait profiter de l'occasion pour lui proposer une affaire en or.

Elle est rentrée tard. Elle a même décroché le téléphone pour ne pas être dérangée trop tôt le lendemain matin. C'est Gachet Madame qui est venue la réveiller pour lui dire qu'on la cherchait partout, Boris avait eu un accident cardiaque. Elle devait rappeler sa belle-fille, voilà c'est un numéro à l'hôpital, c'est urgent...

Anne lui a dit que, malgré tout le savoir-faire des médecins pendant plusieurs heures, Boris venait de mourir, oui, à l'instant, cela fait peut-être cinq minutes. Katharina, hébétée, a écarquillé les yeux, dit: impossible, le soleil est à peine levé, pour une fois qu'elle avait décroché son téléphone... Puis elle a protesté: mais pourquoi donc ne lui avait-on rien dit plus tôt? Boris est son fils.

Anne s'est fâchée: comment aurions-nous pu savoir? Comment imaginer qu'il allait mourir alors que nous devions partir en vacances? Est-ce que lui-même s'en doutait, lui qui avait la tête pleine de projets? Et le jour précédent, personne ne répondait chez Katharina Gondebrœk, ce jour-là, elle aurait pu encore revoir son fils en vie, même s'il était inconscient.

En tout cas, je n'aurais pas laissé mourir Papa comme cela, en pleine force de l'âge... Elle a raccroché sans attendre la réponse d'Anne qui avait de toute façon toujours raison. Elle s'est mise à la maudire, elle et tous ces médecins incapables, qui ne sacrifiaient plus leurs nuits comme Edouard.

Quand elle s'est soulevée pour sortir de son lit, elle a vu la mort qui ricanait dans un coin. Elle a hurlé: «Pourquoi lui, pourquoi mon fils!». Et la Camarde a répondu: «Je prends où je peux, les octogénaires ne veulent plus mourir!».

Le cynisme, elle ne connaît que ça, la prêtresse du point final.

Boris était mort sans qu'elle ait pu lui dire qu'elle n'avait aimé que lui. Elle n'avait pas pu le toucher une dernière fois ni même caresser son avant-bras encore chaud. Elle aurait voulu lisser ses joues et ses paupières avant que le masque de la mort...

Pourquoi Anne n'était-elle pas partie à la place de Boris? Elle aurait pleuré avec passion cette morte qui lui rendait son fils.

Et maintenant ?

Travail de deuil : cette expression, elle la lit dans les journaux, l'entend lors des débats télévisés. Elle sait que chez elle le deuil toujours déviera vers le regret. Elle pleurera ce fils qui a enluminé sa jeunesse.

Elle pleurera l'adulte qu'il était devenu, un adulte pour elle à jamais prisonnier de l'obscur.

Les morts voient-ils les vivants ? Ne sont-ils pas plus vivants que ceux qui se croient en vie ?

Désormais elle vivra avec eux, avec les morts de sa vie.

En attendant... Combien d'aubes encore avant sa propre mort ?

En attendant la Camarde, assise de dos, elle demandera à Jean-Pierre de lui procurer un de ces enregistreurs modernes, légers, faciles à utiliser. Ce soir, maintenant, elle sent qu'elle devrait raconter sa vie. Pourquoi ? Pour qui ? Pour que ses petits-enfants sachent qu'elle n'a pas toujours été cette vieille bonne femme geignarde – comme elle a dû leur paraître folle parfois ! – mais qu'elle a une histoire. Une histoire qui en vaut une autre et que c'est là sa vie.

Ulrike (1877-1956) + Peter (1877-1958)

Christof (1917...) — Katharina (1918)

Emmy Gondebrœk (1878-1942) — Gustave Gondebrœk (1870-1934)

Edouard (1903-1980) — Charlotte (1905-1968) — Marlène (1906-1986)

Edouard Gondebrœk + Jeanne (1904-1937)

Martin (1933-1960) — Jean(1935) — Christine (1936)

Jean + Marianne (1925)

Louis (1962)

Edouard Gondebrœk + Katharina

Boris (1940-92) + Anne (1943) — Katia (1947) + Charles (1944)

Marie (1972) — Elodie (1974) — Cédric (1973)

Katia + Henri (1950)

Gwendoline (1985)

Ceci est un roman et ses personnages imaginaires lui appartiennent.

ACHEVÉ D'IMPRIMER
SEPTEMBRE 1997
SUR LES PRESSES
DE L'IMPRIMERIE CORNAZ À YVERDON
POUR LE COMPTE
DES ÉDITIONS DE L'AIRE

COMPOSITION: COMPOTRONIC SA – CH-2017 BOUDRY